吉本隆明の言葉と「望みなきとき」のわたしたち

瀬尾育生
聞き手：佐藤幹夫

言視舎

はじめに——「望みなきとき」について

「飢餓陣営」というのは佐藤幹夫さんの個人編集による少部数の（しかしいつも信じられないくらい部厚い）雑誌である。誰もが「多数性」と「伝播性の拡大」にむかう趨勢に吹きさらされているときに、あえて「少数性」に、「伝播性の障害」に固執し続けている、稀少で貴重なメディアだ。八〇年代から九〇年代、オウム事件や阪神大震災や9・11の時代を経て現在にいたるまで、個人の視点と身体を通すことによってだけ可能になるような、不確定な領域に大胆に踏み込む思想や言論の、もっとも冒険的な部分を担ってきた。二一世紀に入ってから、佐藤さんはこの誌上で何度か私に、吉本隆明について自由に話すための、ふしぎなほど大きな場所を用意してくれた。第一回は二〇〇三年の五月、第二回は二〇〇七年の三月、そして第三回が二〇一一年の十一月。それぞれ四年の間隔を置いた三回。それをこの本では順序を逆にして収録してある。もちろんじっさいは、こんなにすらすらしゃべったわけではない。どの場合にも大幅な加筆があって、できあがったのは話し言葉と書き言葉の中間くらいの文体になっている。だが書き言葉と決定的にちがうのは、それがそのつど佐藤さんの周到な問いかけと適確な構成力なしにははじまることも展開することもない「語り合い」になっていて、そこで私は、自分の言葉が自分にとってコントロール不能になることの無防備さと自由さとを、いつもふんだんに享受することができた、ということである。

この世界には多くの問題、多くの困難がある。だがどんなに大きな問題、大きな困難であっても、それが対象として私たちの前に引き据えられるなら、それは闘争と克服と希望の原理をあたえる。だがここで「望みなき」と言うのは、決して対象として引き据えることのできない、空気のような何かだ。

社会は全体として均質な、陰りのない状態へ向かっている。不当な社会関係はすくなくとも理念としては解消に向かう。「正しさ」は文句の言いようのない形で主張される。だがそれと同時に、とどめようのない形で進行している、生きることの窮屈さと貧しさ、息もつけないような圧迫感、耐え難いほどの陳腐さ、あてのない不安やピリピリした不快や恐怖がある。

災厄に遭遇してしばらくして、内的な屈折をとつぜん振り払った明晰な頭脳たちが、興奮のあまり抑制をなくした無機的でモノトーンな早口でどうどうたる正論を語り、新しい形での社会参加、新しいシステム作りを呼びかけたりするとき、その声調を聴けば、その人が、自分がほんとうに感じていることとは全くちがうことを話していることがすぐにわかる。あるいは感じていることと語ることとがまったく無縁であることが彼にとっての常態であり、彼がいくぶんかの動揺の後、その常態を回復しているということがわかる。それを可能にしているのは、メディアがメディア自体のなかにつくりだしている、なにか循環構造のようなものである。

希望が語られるときの遠近法と文体のなかに、ほかならぬ希望の不可能が明記されている。「望みなさ」は私たちの前にある問題や困難のなかにあるのではなく、むしろそれらの「語られ方」のなかにある。その場所こそ、ひとりひとりが言論と言語表現の現場作業員である私たちにとって、決して離れることのできない最後の持ち場なのだ。

吉本隆明のなかで「存在倫理」という考えが形作られたのは、戦争と敗戦とをへて、自分が信じ、築きあげてきた倫理的な構築のすべてが瓦解してしまったときだった。そのためになら命を投げ出してもよいと考えていた国家も戦争も、もうない。窮乏や飢餓も生活の中に付きまとって離れないのに、周囲で人々は、いちはやく戦中とは異なった別の倫理、別の理念を語り始めている。だがどのような新しい思想によってであれ、自分の存在を、外在的な倫理によって支えるという形は、もはや無効であるはずだ。倫理は存在から直接にやってこなければならない。この窮乏と飢餓と倫理的なゼロのなかで存在を開示しつつ生きるということから、すべての倫理が引き出されなければならない。

存在と倫理の構造は、戦後資本主義の相対的安定期から後、どのような姿をとったのか。高度成長期、過渡的な不況、バブルからその崩壊期へ、そして現在にいたるまでの半世紀、まず存在の肯定が「生存」の維持という条件から離陸して、「欲望」の肯定という形をとるようになった。自らの欲望を存在そのものからの延長として考え、これによって外在的な倫理に抵抗するということは、高度成長期以来の私たちによくなじんだ考え方である。だが欲望は存在からの延長ではあるが、それは同時に過剰であり余剰であるような延長だから、もしも外在的な倫理が、生存そのものに限りなく似た、理念としての「生存」を振りかざして体勢をたてなおしてきたら、それに対抗することが難しい。「生存」は理念として外在的な倫理に強度を与え、さらに生体反応を引き起こす強迫観念みたいな姿で、くりかえし呼び戻される。八〇年代以降、私たちは何度もそれを体験してきた。

いっぽうで欲望は、やがて「技術」の循環する回路のなかへ導かれていった。メディアはメディア自身のなかに循環をつくって、そのなかにわれわれの欲望を分布させることに成功する。欲望はメディアの中でメディアを循環させる動力になる。欲望は何者の欲望なのかわからなくなって、社会性に限りなく似た集団性・群衆性へと溶解する。

いつのまにか体の中に浸透してくるような技術世界の不気味さは、最大値に達したところで、客観的な世界の中に反転した相関物を見出す。爆発する原発と、姿もなく侵入する放射能と、それによって損なわれる「生存」とでできた世界像が、私たちの欲望と巨大な技術世界総体の不気味さを映し出す、どぎつく薄っぺらな作像力のためのプロジェクターになった。放射能は見えないけれども、線量計を使えば計測することができる「存在」であり、われわれの生存に直接的に損傷を及ぼす悪であり危険であることが一義的に決定されている、ほとんど唯一の、特権的物質だからだ。

原子力発電所は、テクノロジー総体への不安や恐怖の総量を、全体として代替し、凝縮し転化することのできる圧倒的な寓意である。だが寓意はここですみやかに、反吐が出るほどに既視的な解読へと移行させられる。われわれは何十年も自らの欲望のままにエネルギーを無自覚に使用してきた。権力と資本のシステムがそれを利用して肥大してきた。われわれは反省しつつ告発しなければならない——などと。こうして濃厚な手触りのある「敵」を設定することができ、「自責」を内省的に語ることができ、それを「生存」の不安感覚で駆動することができ、反権力や反資本主義が理念でありえた時代と同型の、外在的で単純な倫理の形を、あたらしいメディアのレベルで、ふたたび駆動することができるようになった。この半世紀はいったい何だったことになるのだろう。

だれもが「自分だけが理解している、ほんとうの吉本隆明」を持っている。私もここで、私なりにそれを語ろうとした。それはあなたの考える「ほんとうの吉本」とは違っている。また吉本からはすでにまったく自由に考えるようになった、あなたの自分自身、とも違っている。そしてそのことの意味は、いまとても大きなものとなったと思う。

この本が、吉本さんが亡くなったあとに刊行されることになるとは、まったく予想しないことだった。第三回目のインタビューへの手入れを終えて佐藤さんに送り、それが印刷に回ってしばらくして、私たちは吉本さんの訃報に接した。翌日、ほとんど沈黙と等価であるような電子メールを佐藤さんに送り、やはり沈黙と等価であるような返信を受け取り、一日置いてまた次のメールが佐藤さんから送られてくるまでのあいだ、それ以外のだれも何一つ伝えてこない、という静まり返った時間があった。この静けさはそれからなお数十時間続いた。フランシス水車のようなものが音もなく回り続け、だれもがみな息を殺しているような、あの何十時間かを私は忘れることはないだろう。吉本隆明の死によって、いま「望みなさ」は正確に二重の意味を持つようになった。

まとめられたゲラを目の前にして、今回出版を引き受けてくださった言視舎の杉山尚次さんを長く長く待たせながら、長い長い逡巡のあとで、このゲラにはこれ以上手入れをせず、語られたり書かれたりした言葉を、吉本さんの死を知ったあの時間のままにしておこうと思った。この本を統覚する作業を佐藤さんと杉山さんにゆだね、それが私の小さな主観から遠くはなれた、無名の何者かに届けられるようにするのがいいと思った。この本が私にとってかけがえのないものであるとすれば、それはなによりも、この本が私たちの共同作業と、そこに生成した言葉たちの「世界に投げ出されている姿」をそのままあらわにしていることによってだと思う。

瀬尾育生

二〇一二年八月五日

目次

第1章

吉本隆明の3・11言論と「超越」をめぐって

▼第三回目のインタビューにあたって

──吉本隆明さんをめぐる瀬尾さんへのインタビューの三回目を、どの時期に、どんなテーマでやらせていただこうかと考えていた矢先、三月十一日の東日本大震災というとんでもない事態に直面してしまいました。瀬尾さんへ「そろそろインタビューを」とお願いしてはいたのですが、最悪の状態の中で、しばらくはなにも考えることができずにいました。インタビューの内容も、まったくまとまりません。それやこれやで、改めて自分が東北の人間であることを痛感させられ、なぜ「東北がここまで痛めつけられなくてはならないのか」といった、ほとんど答えようのない問いを抱え込んで、十日、二週間と過ごしてきました。

さて、この本の構成が新しいものから古いものへ、という順番になっていますので、少し振り返ってみます。第一回目は二〇〇三年五月に行ないました。掲載時には「全体性への認識と文学の主張する場所」とタイトルし、テーマは「9・11」以後の世界をどう認識するかということについて、「全体性の認識」というキーワードで、吉本さんの『「超」戦争論』を中心としたお話を伺いました。国家と法についての吉本さんの発言をどう受け取るか。とくに日本国憲法についての見解。また「ヘーゲル─マルクス」が取り出した、「アジア的段階─西欧的段階」とたどる発展的な段階論とは異なるという吉本国家論について、どのように考えたらよいのか。その真意を、私たちは誤解し続けてきたのではないか、といった趣旨の発言が瀬尾さんから出されました。

第二回目は二〇〇七年三月。「『母型論』の吉本隆明と『戦争詩論』以後」というタイトルを付し、言語と一義性の問題、「自閉症」の問題について、反復される時間、言語論としての『母型論』などが主な話題でした。とくに『母型論』が反西欧的言語論という意義をもつ仕事だと指摘しておられたこと。そして八〇年代の吉本さんのお仕事をピークだと言われ、その豊饒さを評価しておられたことが印象に残っています。

そして今回が三回目です。これで締めくくりにしようと考えていますが、収録日が、二〇一一年十一月二十日。最初に述べたように、まさか自分が生きているうちに世の中がこんなことになろうとは思わなかったという、何とも言いようのないなかでのインタビューとなりました。

「9・11」世界同時テロのあと、世界秩序の解体・再編に拍車がかかる一方、国内的には小泉政権による構造改革が進められ、日本の経済不況が一気に深刻化しました。「格差社会」「ワーキングプア」「派遣切り」「無縁社会」といった言葉がマスメディアに頻出するようになり、経済の弱体化だけではなく、生活の基盤全体が崩れつつあるような実感に置かれていました。それがつい、二、三年前のことです。

そこに追い打ちをかけるように、東日本大震災による津波被害と福島第一原子力発電所のメルトダウン、そして爆発事故が続きます。いま八カ月ほど経っているわけですが、「安定化に向かっている」とは報じられますが、事故現場の報道からはディティールが消えました。瓦礫や汚染された土や焼却灰をどの自治体が引き受けるのか、なぜどこも受け取り手がないのかといった、哀しくなるような報道がせりあがって来ています。

こうした中での締めくくりともいうべき三回目のインタビューですが、今回は話題を一応、次のように考えてきました。

まず「3・11」について。

瀬尾さんご自身が、津波による東北の惨状やフクシマ原発事故を、どんなふうに受け止めてこられたか。そして、多くの方がたによる論議がくり返されてきたわけですが、それをどう感じてきたか。具体的な名前を挙げますと、村上春樹さんや加藤典洋さんの発言。福島在住の詩人、和合亮一さんの詩作品について。あるいは中沢新一さんの『日本の大転換』にも、瀬尾さんは関心を示されました。そしてもちろん、この間の吉本隆明さんの発言についても触れていただきたいと思います。これが一つ目です。

次に「死」と「死者」の問題。あるいは、瀬尾さんが二〇一二年の二月に発表された「超越性アレンジメント」(『詩論へ3』[*1])に関連していく「超越性」についての話題。たとえば私の編集・発行する『飢餓陣営』36号で、吉本隆明さんがインタビューに応えて下さっていますが、そこで賢治の「銀河鉄道の夜」について触れながら「死」について語っておられます。そこからどんな印象を受けられたか。あるいは「超越性アレンジメント」のなかで、吉本さんが「共同幻想」として展開されたテーマについて、瀬尾さんはそこに二重性の構造を取り出して受けとめ直し、国家や宗教の問題と「超越」の問題は異なるのであって、吉本隆明は『共同幻想論』などで、国家や宗教を解体し、無

＊1　北川透、藤井貞和、福間健二、瀬尾育生の各氏を同人とする詩誌。発行は「首都大学東京　現代詩センター」。現在4号(2012・2)。

化するというモチーフをくり返して述べてきたが、それは「超越」をも無化・解体することを意味しない、むしろそのテーマは、「マチウ書試論」以降、吉本隆明にあっては一貫して保存されてきたものだ、と書いておられます。きわめて新鮮な指摘でしたが、この問題がひとつ。

また「超越性アレンジメント」では、「関係の絶対性」や「マチウ書試論」についての瀬尾さんらしい、まったく独自の着眼からの解読もなされていますし、「絶対他力（親鸞論）」の読解もしかりです。このインタビューにおいて、私の力量でどこまで紹介できるかわかりませんが、瀬尾さんがここまでキリスト教や仏教についての認識を深めておられることを、「超越性アレンジメント」を拝見してはじめて知り、大きな驚きを覚えました。キリスト教も仏教も私の力量を超えた大きなテーマですが、できるだけ「宗教をどう考えているか」といった点についてもお話しいただければありがたいと考えています。

最初に結論めいたことをお伝えしてしまいますが、瀬尾さんの今回のお仕事は、吉本さんの言語論や幻想論と呼ばれてきた領域に「二重性」という視点を入れることで、瀬尾さんなりに引き継ぎつつ新たな展開を試みようとしている。あるいは吉本さんの思想に、これまでにない読み方を提示しようとしている。まずはそうした観点から「超越性アレンジメント」を読むことができるのではないか。それが拝読したときの私の印象でした。

そして三番目は「純粋言語論」というテーマ。瀬尾さんの講演によれば、これはベンヤミンが提示した言語論とのことで、講演原稿は、インターネットでも公開されています。「3・11」の後に『Midnight　Press』の主宰で開催された講演[*2]で、そこからの話題になります。ここでは瀬尾さんがここ数年取り上げておられる「後期ハイデガー」を登場させ、「技術」という問題で驚くべき指摘をしています。通常は「技術」というと、核抑止の技術、核をコントロールするための技術ということになるわけですが、むしろ逆の事態を招きうることを指摘し、瀬尾さんはそこから、原発の問題を考える糸口を作っています。

とちゅうで、格差社会とか高齢社会とか、障害の問題といった私のほうのテーマにも引っ張らせていただくことになるかと思いますが、だいたいこんなところを、全体の概略にしたらいかがでしょうか。

▼時間と場所で色合いを変える「3・11」言説

――さて、一つ目のテーマ、「3・11」をどう受け止めてこられたか、という問題です。そして「フクシマ原発事故」以後の言論のありようをどう見てこられたか。

震災と原発事故直後から、ブログや新聞、テレビ、雑誌などで、数多くの見解が発信されました。私は関西のあるブロガーのブログをときどき覗かせてもらっていたのですが、震災直後の関西のひとたちの意見を聞いていると、東北から離れた人たちにとってはこれほど他人事なんだ、と強く感じさせられました（逆に阪神・淡路のときは、現地の方は同じように感じたに違いありません）。そ

＊2　岡田幸文氏の主催する講演会で、四月三十日に行なわれている。『Midnight Press』は詩のメディアでインターネット掲載は十月二十八日の日付が付されている。この講演は二〇一二年七月に刊行された『純粋言語論』（五柳書院）に収載された。

れから商機到来とばかりに復興を叫び始めた論文やコメントには、死者への哀悼も原発への反省もまったく感じられない、こうした意見はしばらく読みたくない、という感じで読むのをやめていました。これは言っていることが正しいか間違っているか、優れているかいないか、という以前の問題で、からだが受け付けないような状態でした。

『ｋｏｔｏｂａ』（集英社）の5号だったかな。作家の矢作俊彦さんと高橋源一郎さんが、福岡で「フクシマを遠く離れて」というタイトルで対談をしていて、場所は九州の博多です。ここに来ると何事もなかったようで別の世界にいるみたいだ、というようなことを言っておられますが、そうだろうなと思います。現地の人や被災した人たちからすれば、千葉の住人である私の言っていることだってたわごとだったでしょう。いまふりかえってみると、「3・11」の直後の日本には、大きな意識の誤差やズレが生じていた。そして全体の誤差が戻っていくのと、私自身がなんとか思考することができるようになっていくこととは、同時進行的だったような気がします。長くなりましたが、瀬尾さんはどんなふうにして、あの日の前後を過ごされましたか。

瀬尾育生　まず個人的なことから話します。震災のあと何日か、車を走らせても団地の中でも、あたりで人は外に出てこないし、店も理由もなく閉まっている。がんばろう日本とか書いた小旗が立っていたりするけど、頼りなくてか細い感じだし、だれもがほんとに元気がなくなっている。茫然としている。こんな感じはいままで体験したことがないな、と思いました。これは自粛というのではない。社会的な打撃とか生活的な打撃というのでもない。だれもが存在的な打撃を受けているんだと思った。

震災の少し前の話をすると、二月の半ば過ぎくらい、クリント・イーストウッドの「ヒア・アフター」が公開されたから見に行ったんですが、そのなかにぼくの意識に固着する場面が二つありました。ひとつは冒頭のスマトラ沖大津波の映像。もうひとつは子どもが小型トラックにぶつかって死ぬ場面です。映画は二回見ましたが、これらの場面がそれから何日も頭のなかに固着して離れなかった。考えたくないのに、抑圧してもその映像が浮かんでくるので、その映画はもうそれ以上見られないし、考えること自体が恐怖にちかくなりました。そういうときに大震災が来たのです。クリント・イーストウッドという人は映画作家として、なにか存在的にこちらに食い込んでくるところがあるのですね。あの津波映像を見た一週間か二週間後にわれわれは日本の津波の動画を見るのですが、そこにはなにか連続性があって、どちらが虚構でどちらが現実とは言えないような、ひとつながりのリアリティがあるように感じた。

人間関係にも、よくあとづけることのできない亀裂が起こりました。それはふつうの精神状態だったらありえないようなことで、その延長上に三月十一日があった。それ以後も、個人の心理状態を言えば、震災からくる動揺以上に、身近な人間との亀裂とか自分の心の分裂状態のほうが、つねに前面に出ていた。自分のなかで起こっているパニックの層のうえに震災のことが折り重なっていった、という感じです。これは「存在災害」だとぼくは感じていた。これを言い過ぎると、個人の感覚に引き寄せすぎた文学的理解になってしまうので、それ以上は言いませんが、たぶん、こういうことは、どの人にとっても、大なり小なり起こっていたことだろうと思います。

ぼくの家では新聞を取ってないし、テレビもないものですから、情報は主としてラジオやネットから。しばらくは、ユー・ストリームでＮＨＫやＴＢＳを見ていました。関西にいるマスコミ関係の人ですが、逃げたほうがいいですよ、メルトダウンが近いですよ、ということを伝えてくれたこともありました。そういうふうにメルトダウンという言葉はその当時、逃げなければならない、という意味と一体になっていた。政府発表が多くの情報を隠蔽していた、表現を微妙にずらせていたと人は言うわけですが、そういう隠蔽にそれなりの妥当性がないわけではなかったことになります。

もともと誰かが特別な情報を持っているとか、誰かが特権的に正確な判断をしているなどとは思っていなかった。すべての情報を割り引いて見聞きしながら、結局は無数にある情報のなかから何を選択するか、何をとって何を捨てるかを、誰もが自分の勘とかセンスで決めるしかなかった。それは今でも基本的に同じだと思うのです。

逃げるべきかとどまるべきかを決めるのは、危険性の度合いではない。生活の基盤がそこにあるのだったら、逃げる必要があっても逃げられるものではない。浪江町や飯館村にいても、原発から何キロ圏内にいても、人間はそう簡単に動けるものではない。その結果死んでしまうとしても、動けないものは動けない。のろのろしているのにはそれなりに根拠があるわけです。それともう一つ判断の根拠になると思うのは、周りの人々が逃げないのだったら逃げないほうがいい、ということ。近所の人たちが逃げないのにもし自分たちだけが逃げたら、自分の安全性は守れるかもしれないけれども、そこにはある種のディグニティ（尊厳）の問題があって、もし逃げたら、心に一生のあいだ傷が残るという場合だってあるでしょう。

たとえば全共闘のときなんかに、そこに留まり続けるべきだったのに逃げてしまった、あるいはここを死守すると言っていたのに、敵が襲ってきてバリケードをがたがた壊し始めたら、怖くて逃げだしてしまった。そういうことは誰にでもあったでしょう。そうすると心が傷ついてあとあとまで消えないわけです。逃げるしかないときには逃げるしかない。でも、できる限りは逃げないほうがいい。周りの人が逃げるという選択をしないのだったら、自分だけ逃げるということは、できるかぎりしないほうがいいな、というようなことを考えていた。

ここにいるしかないんだ、というふうに心が落ち着いたのは、ちょうど日付が三月十九日にかわったときでした。いろいろな情報が入ってくるんですが、リアリティを少し広げてそういうものを聞いていると、全体として何か聞こえてくる声があるでしょう。夜中の十二時すぎ、三月十九日に日付が移ったとき、ここに留まっていいんだ、そうするしかないんだ、という声が聞こえたのです。冷却のための放水が始まったけど、機動隊の放水車では届かない。ヘリコプターもだめだった。そのあとに東京消防庁の放水塔車が投入された、というのが十九日だったと思いますが、あまり具体的な根拠はない。ただ直感的にそう思ったのです。

三月十九日の夜が明けて、その日はあたりが急に春らしくなった日なのですが、友人たちに会う約束があったので羽村、福生のほうへ出かけていった。その日は明るくて梅の花が満開だった。そういうときに友人たちと言葉をかわしたことが、どんなふうに気持ちを支えたかもよく覚えている。ここに留まるしかないんだ、ということを、こちらが判断するのではなくて、向こうから告げられる。そういう感じは、安全なのかどうかということとはあまり関係ない。ここでこういうふうにしていられるなら、その結果死んでもかまわないな、という感じです。こういうときは、結局そういう決め方をするしかないんじゃないでしょうか。

でもこれは東京にいる人間の話であって、原発に近い人たちの状況はまったく別でしょう。いま佐藤さんは、地理的・空間的な差異について話されたのですが、そういうことについてぼくは「まだら」という言葉を使うことにしたのです。まず地域的な「まだら」さというのがあります。一〇キロ圏内の人の意識と、一〇キロから三〇キロにいる人の意識と、首都圏にいる人の意識とは違うでしょうし、ぼくはときどき名古屋に行くのですが、名古屋の人の意識は随分違う。空気からしてちがう。もっと遠いところは、また全然違うだろうと思います。それは単に距離だけの問題ではないし、もっとこまかな汚染地図などがあきらかになっても、かならずしもそれに対応しないと思います。個人の心理状態、家庭のあり方、子どもがいるかいないか、子どもの年齢がどれくらいか、そういうことがすべて関係していて、全体として言えば、この事態をどう受け止めるか、どう対処するかということについて、だれにも通用するような「正解」はありえないということだと思います。

そういう差異は空間的にあるのと同時に時間的にもあって、三月にはリアルだった言葉が四月になるとそうではなくなる。半年目くらいになるとまた違ってくる。今日まで八カ月経っていますが、ある意味では、いまが一番難しい時期なんだと思います。三月四月は自由だった。震災直後の報道の自粛とか言論の抑圧についても語られますが、それは何者かがコントロールしていたわけではない。現在の日本人のメンタリティに沿って自然に進んだわけです。だれもが何もわからないのだし、だれもがバランスをくずしているし、何をしていいのか、何を話していいのかわからない。そしてそのことを互いが暗黙のうちにわかっていたわけです。政府の責任者が正確な情報を流さなかった、嘘をついていたといまになって言う人もいますが、だれだってあのころ、だれかが本当のことを言っているなどとは、もともと思っていなかった。

菅直人とか枝野幸男はある意味で僕たちと同じ人たちであって、場合によれば一緒に読書会でもやっててておかしくないような人たちだなあ、といつも考えていました。そういう人たちが、たまたま向こう側にいるだけなんだから、だれも何もわからない、というのはあたりまえのことだ。原子炉の状態がどうなっていたか、放射能の数値がごまかされていたと言っても、正確に言おうが言うまいが、それが意味することなんてだれにもわからない。だれかがわかっていたわけじゃない。いわば人類的に、だれにもわかってなかった。

東電や原子力の専門家だって、レベルは相当違うけど、人類的には大同小異で、だれにもなにもわからない。自分の感情的な反応も計算にいれて、情報の隠され方も歪められ方も計算に入れて、なんとかそれぞれがそれぞれに判断するしかなかった。三月のあの時期は全体として、意気消沈してへたり込んでいてもいいし、興奮していてもいいし、狂っていてもいいし、動揺していても、あわてて逃げ出してもかまわなかった。

『Midnight Press』のトークは四月三十日ですから、ある意味で楽な時期で、簡単にその場の空気みたいなものに入り込んで発言できました。たいへん難しいのはむしろ半年以上たった今のほうです。言論の流れ方が十分に整流されてきた。こういうことを言うと、こういう文脈で受けとめられる、こういう言い方なら許容されるが、こういう言い方はまずい、ということが読めるようになってきている。みんなそういうことを織り込んで発言するようになっている。そのことのほうが怖いです。あのころみんな了解済みだったはずのことを忘れ始め、忘れるにともなって責任追及や悪人摘発の昔ながらの定型が言論を支配し始めている。自粛や自己コントロールや言論の無意識な自己統制が問題になるのは、むしろ今なんだと思います。

▼高度成長と「東北（地方）」という問題

――時間とともに考えが変動していくということは、たしかにおっしゃる通りでしたね。最初はとにかく激しい気分の落ち込みに襲われました。津波被害の惨状に自責の念に捉えられ、福島の原発の事故がとんでもないことになっている、ということがわかって、それでまた打ちのめされる。放射能に汚染された社会を手渡さなければならなくなった、若い人たちや子どもたちにほんとうに申し訳ない、自分の娘たちに申し訳がない。当初しばらくは、そんな自責的な心理状態が続いていました。

少しずつ、どこからどう考えていこうかと頭の中を整理し始めたのですが、なぜ「東北」だったのか、という問いだけは、離れなかったのです。私が「東北」の出身で、葛藤や愛憎を交えながら、さまざまな愛着を育ててきたこと。その「東北」とは何だったのか。なぜ「東北」がこれほどの被害を受けなくてはならなかったのか。原子力発電所は「東北」にだけあるわけではないのですが、このことをどう考えたらよいのか。反原発や脱原発をいうにしろいわないにしろ、その前に、まずこの問いに自分なりに決着をつけなければ、先へは進めないと思いはじめました。

「なぜ東北だったのか」。……まったくおかしな問いですが。

いろいろと考えていくうちに、日本の高度成長時代とは何だったのか、という問いの形になってきました。戦後の経済活動が活発化するにつれて、「中央（大都市圏）と地方（東北）」という厳然たる社会構造が、戦後的な形で再編成されていく。逆に、その構造を、産業を通して強化していくことが成長戦略を推し進める大前提であり、そしてプロセスであり、また結果だった。ひと言で言ってしまえば、「かね・ひと・もの・資源・情報」を、どう東北（地方）から大都市圏へ集中させるか。それが日本の経済発展であり、政策としても不可避だったわけです。要するに、太古の昔からくり返されてきたことが、高度経済成長時代の成長戦略と言いますか、そのような戦後的衣装に衣替えして再編されただけだ、という言い方もできるかとは思いますが、できればもう少し思想として前に進んでみたいと考えたのです。

先ほども少し言いましたが、ここ二、三年の現代社会を語るキーワードが、「少子高齢社会」「限界集落」「貧困・格差」「派遣切り」「正規／非正規」などでした。ところがこれって、「東北（地方圏）」では六〇年代、七〇年代から恒常的な状態ではなかったでしょうか。データを示しながら話していくべきことなのでしょうが、近年現われた社会現象は、「東北」では早くから始まっており、経済成長とともに加速していった事態だったわけです。

体験的に言わせていただければ、少子高齢社会というが、すでに私が学生のとき、帰省すると「若い人を久しぶりに見た」などと言われましたし、すでに高齢化は始まっていた。「限界集落」にしても、二十代のとき山間部で臨時の非常勤講師を二冬ほどやっていたことがありますが、集落は、どこにこれほどと思うほど高齢者ばかりでしたし、限界集落を超え、廃村になっていく集落もすでに出始めていました。格差にしても、田地所有の大小は歴然としていましたし、それに伴う生活格差も明確だった。小規模農家は現金収入を求めて外に出ていき、「3ちゃん農業（じいちゃん、ばあちゃん、母ちゃん）」などと言われました。「季節労働者（出稼ぎ）」といわれる人びとは、いまでいう派遣社員であり、非正規雇用でしょう。あるいは山谷などの簡易旅館（ドヤ）の常駐者です。この国の現在の姿を、すでに三十年以上も前から先取りしていたわけです。

当時、マスコミの一部では問題視されていましたが、全国版のニュースとしてはほとんど盛り上がらなかった。

『ルポ高齢者医療』を書いたときに痛感したのは、この問題でした。日本では、要するに「都市問題」にならなければ日本国の問題にはならない、全国の問題にはならない。したがって〝ニュース〟にはならない。なっても、いっときのローカルニュースです。その構図がずっと続いてきた。高齢社会というのはそういう問題なのか、と思ったのです。原子力発電もそうですね。事がここに至るまで、事故の危険性も、近辺の海や土壌が汚染される問題も、酷使される労働者の実態も、一部で指摘されてはいましたが、立地されている地方のローカルなニュース、という扱いだったのではないでしょうか。東海村の臨界事故のときでさえ、私たちは、そのようにしか受け取ってこなかった。そして世界でも三本の指に入るだろう豊かさを享受してきた。

くり返しますが、「高度経済成長」は、東北（地方）になにをもたらしたか。中央への依存の構造であり、うまくできなかった地域から衰退していった。高度経済成長は、多くのサラリーマンに（つまりは都市生活者に）住居を保障し、交通の利便性を高め、生活の安全と安心をもたらし、自由な消費行動ができるようになった。それは間違いのないことです。そしていまでは、強き良き時代としてノスタルジックに回顧され、当時の「豊かで強い日本」「ジャパン・アズ・ナンバーワン」「一億総中流」という言葉が代名詞のようになっている。しかし、じつは裏面があった。

なんだか旧左翼のような告発的弾劾的なもの言いになっていますが（笑）、高度経済成長、つまり都会（中央）の繁栄や豊かさの享受は、「地方（東北）」の衰退を代償としてもたらされた。そのことで、私たちは、豊かな都市生活を保障されてきたわけです。「繁栄する日本」「豊かな日本」というのは、日本全体というよりも、都市が豊かになることと同義でした。そして豊かな日本の高度経済成長の重要な推進力の一つが原子力発電であり、原子力発電は「都市の繁栄」つまりは「地方（東北）の衰退」という構図の、シンボルそのものではないでしょうか。

問題が〝問題化する〟とはこういうことなのでしょうが、都市問題とならなければ、日本の問題とはならない。「東北」から出てきた人間としては、思いは非常に複雑です。しかもこんな言挙げをする私自身が「東北」を捨て、都市生活者であることを選んだ人間です。過度に倫理的になる必要はないでしょう。しかし、くり返しますが、思いは大変に複雑でした。

いずれにしても都市に経済発展が集中する、繁栄を寡占する、それにつれて地方はどんどん疲弊し、依存しなくては生きていけない構造にはめ込まれていく。こうしたありかたをどう考えていくか。そのことも議論の俎上に乗せないかぎり、問題の解決には向かわないのではないか。原発はただちに停めろ、しかし被災地の瓦礫他、汚染の危険性がある物はいっさい外へ持ち出すな、自分たちは受け取らない。そんなふうにして震災後に生じている大きな負担が、東北（地方）だけに背負わされる、そしてあいかわらず自分たちの都市生活の豊かさと安全は保障させようとする。言いがかりでしょうか。こうした構造が維持されるのであれば、それを、解決だ、よかった、と手放しではとても喜べない。さすがに日本国の〝絆〟はすばらしいと思う。

これが八カ月を経て、自分の出発点にしようとしているところです。

▼〝まだら〟と均質化という問題

瀬尾　いま佐藤さんは、地方と都市の問題や社会的格差ということを主題にして話されたんですが、自分のことを少し話すと、二年ほど前、ぼくの母親が入院したことがありました。身体的な衰弱が急速にすすみ、意識のレベルもさがり、言葉も出なくなる。年が年ですから、どの医者に行っても老衰だとしか言わない。医者は患者の体にさわらない。ただコンピュータの画面で数値を見てるだけです。そこにはとりたてて異常はなかったのですね。何の治療もされずほっておかれて、状態は悪くなるばかりだった。

しばらくして大きな病院から下町の中くらいの、老人医療専門の病院に回されたんですが、そこでは医者の態度がまったくちがった。とにかく患者の体にさわってくれる。大声で言葉をかけ、体をゆすり、なにか言えばすぐに聴診器をあてる。その病院の若い女医さんでしたが、衰弱の原因を突き止めた。夏に食欲増進のために処方されていた精神安定剤の副作用である、そのためにパーキンソン病的な症状が出ているんだ、というわけです。だから何をしたかというとその薬をやめただけです。入院が長かったから、そのために体力の衰えは残ったけど、二カ月ほどで母はもとに戻りました。

医学というのはいったい何をやってるんだ、というのがそのときの印象です。その入院の間に、老人の多い病院だから、周りでたくさん認知症の人を見ました。そういう人たちがそろって食事するときの様子がどんなふうか。それをとりしきる看護師さんがどんなに名人芸的な言葉かけや応対で奮闘するのか、夜中にそういう患者さんたちの面倒を見る看護師さんたちがどんなにたいへんか。病院だからまだいいけど、個人でこういう人を家族として抱え込んだらどういうことになるのか。高齢者の夫婦で一方が認知になり、他方がその介護に身体的にも精神的にも疲れ果ててがんになって先に死ぬ、というケースは身近でも二つや三つではない。そういう人を見ていて、いまわれわれが置かれているのはいったいどういう状況なのかと思った。

正常な意識状態を保っていない人たちの人口密度は、どれくらいなんだろう。ある年齢以上の人のぼけ方は、まだらの人も加えると、どれだけの割合になるんだろう。それにまきこまれて、いわゆる正常な社会的状態から降りて暮らさなければならない人の数も多いに違いない。

ひるがえって、じゃあぼく自身はどうなのか。六十歳を過ぎ、十年前に比べると、自覚的な意味だけでも、そうとうに意識のレベルは下がっている。明晰な時間は一日のうちでそうとう減っていると思う。物忘れ、失くしものはしょっちゅうです。「まだら」という概念はもともと「まだらボケ」という言葉から取ったのですが、中年以下でそうなっているケースだってあるだろう。もっと若い人たちを見ると、正常な状態そのものが、われわれからみると異常であるとしか見えないこともある。

佐藤さんの専門の発達障害の問題も含めて、意識状態の正常さのレベル自体が、社会の恒常性、定常性を想定しにくいレベルまで来ているように思うのです。こういう場合に、ほんらい人間の理性や社会の定常性をあてにしてつくられている政治的・社会的なプロジェクトや、国際的な取り決めは意味を持たなくなるのではないか。

いま地方と都市の問題について話されたんですが、空間的な不均衡もこれと別の問題ではないと思います。それは単純に経済的な、政治的な、産業構造的な不均衡ではない。今回フクシマ原発という中心があって、そこから半径何キロというかたちで放射能被害の分布が示されている。もっと詳細に汚染マップはあきらかにされるのでしょうけれども、必ずしも人間の意識がそれに対応するわけではない。福島の東側はたまたま太平洋でしたが、もし事故が日本の西のほうで起こったのだとしたら、雨がもっと重要なファクターになって、距離とは関係なく汚染は不均質に全国に広がることになったでしょう。チェルノブイリのときには、汚染が気流で運ばれてモスクワやレニングラードまで届きそうだから、ベラルーシで雨にして降らせてしまったわけですね。名古屋や大阪や九州が比較的安全なのは福島より西にあるからです。いつでも西から来るものが問題である。だけどそんなこと、だれにもどうしようもない。こういうふうに顕在化した不均質は、経済や政治や産業構造、まして個人や世代や地方性に還元できない。もっと大規模な人類的な事態の象徴だと思う。空間の本質的な「まだら」がそういうふうに顕在化したのであって、放射能の飛散がなくても、理不尽な「まだら」が世界中いたるところにある。人間の倫理はそのあとを追っかけているわけです。

たとえばあるときから自己責任みたいな理念が言われるようになる。格差はあえて作られるようになった。世界的に見ても国際的な安定状態は作ろうと思ったら作れる。理念だけではなく現実的にそういうことは可能である。そうなったあとで、世界にはあえて不均質が作られ、緊張状態が作られ、あえて殺戮は行なわれる。その場合の格差や差別や対立は、かつて自然発生的にできてきたものとは、一段階違うわけです。それはメディア的な均質や、技術的に強制される均質さに、現実の実存的な、フィジカルなファクターが二重重ねになったときに現われてくる構造的な不均質であって、そういう動向を測定しようとしたらテクノロジーとか金融市場とかの最高のレベルが加算されなければならない。かつての宗教対立やイデオロギー対立の段階に対応した倫理によって語りうるようなものとは違うと思うのです。個々人が、あるいは個々の共同体が避けたいと思っても、そのことが人類的に選択されている。今回の原発の事故はそういう世界段階の象徴であって、倫理とか人間の主体的判断によって対処しうるものではない。

――おっしゃる通りだと思いながら伺っていました。そして示唆していただいたのですが、私の先ほどの話も、旧来の「都市と地方」という二項対立図式でお話ししたかったのではありません。瀬尾さんの言われる〝まだら〟状態のイメージがあるのです。つまり、都市のなかにも「地方」は〝まだら状〟に存在してきたし、いまも存在している。地方にも「都市」は〝まだら状〟に存在する。地方のなかの「都市」は、繁栄や一億総中流（という幻想）の象徴のようにそこにあり、「都市」への憧れをつくってきたわけです。一方、地方のなかに、さらなる「地方」が階層化されていって、やはり〝まだら〟になる。山村や僻村には、早くから〝まだら状〟になって、「限界集落」や「消滅集落」が存在してきた（ちなみに、第3章で話題になる吉本さんの国家段階論も、そういう〝まだら状〟というイメージでつかまえておられるのでしょうか）。

またこういう言い方もできるかもしれません。都市のなかの「地方」とは何かといえば、たとえば東京であれば「山谷地区」であり、横浜では「寿町」だったり、大阪だったら「釜ヶ崎」だったりするわけです。また都市住民に対する「ホームレス」であり、「貧困生活者」であり、さらに比喩的に言えば、「健常」のなかの「障害」だったり、「発達障害」だったり、瀬尾さんが言われた「認知症」だったりする。ところが、それはずっと「ないもの」としてスルーされてきたわけです。介護を要する高齢者も、障害者も、まして罪を犯す障害者など〝いない〟かの如く遇されてきた。しかし間違いなく〝まだら状〟に存在していたのですね。ところがそれら〝まだら状〟のさまざまな現象が無視できないところまで前景化してきたのが、ここ数年の状態ではなかったでしょうか。

ここまで自分がやってきた仕事を瀬尾さんに意味づけていただいたような感じですが、まさにその均質化されていく空間のなかで、息苦しさに対して真っ先に耐えられなくなり、脱落していく存在に、一つずつフィールドワークをしながらスポットを当ててきたんだなと思いました。定型発達者とか健常者と呼ばれている人たちにも、〝まだら状〟の偏りは存在するわけですし、それでも何とか社会生活を維持している。障害者とか認知症とかいわれる人にも、誤差なく反応できる部分、いわゆる正常な部分は存在する。一人の人間のなかで〝まだら〟がどれくらい多いか少ないか。そのことがどこまで社会生活に影響を及ぼしているか。そのことで、どこまで社会生活が侵害されているか。侵害の大きさにあるところで線引きする状態に対して「障害」と名付けているのではないか、というのが、私の主張してきたところだったわけですね。

また一方で私は「東北」にずっとこだわり続けてきたのですが、事ここにいたって、いま述べたように障害や高齢や生活困窮、という問題にコミットしてきたことと、「東北」という土地へのこだわりが期せずしてつながった、という気がしているのです。なるほどそういうことだったか、とそう思いながらお話を伺っていたのです。2章で話題にして下さった「浅草事件」というのは、東京のど真ん中で、突然「地方」が顕在化したという点で、このうえなく象徴的な出来事だったのだなと改めて感じました。

瀬尾 佐藤さんのここ何年かのお仕事は、まさに「まだら」になっている部分に焦点を当ててそこを細密に見てこられたわけですね。それはだれでも身近に遭遇していながら、なかなか普遍的な言葉にできないでいる問題です。その結果みんながなんとなく黙っている。現場で個人が、なんとか具体的に対処するしかないという場合もあるだろうし、「格差」とか「差別」という概念に変換して、政治なり行政なりアカデミックな知性なりが対応できる場合もあるかもしれません。

だけどもう一つは、文明的に、人類的に、構造的に不可避である、という面があるんだと思います。メディアがメカニカルに完全な均質性を可能にしてゆく。あるいは強制してゆく。人間はすくなくとも理念的には、理不尽なほどに完全な、神経症的な平等や均質にむかって動いてゆく。こういう趨勢をとめることはできない。だけどそういうふうにかぎりなく均質・平等になってゆく編目に、現実の人間の実存感覚とか、それを支える経済的な実態とか、もともと動かしようのない物理的・地理的条件などを重ね合わせてみると、全体が干渉しあって、一挙に錯綜したまだら模様が出現するのです。どこかに特定の原因を求めることはできない。悪者がいるわけじゃない。はっきりと線が引かれた格差や階級があるわけではない。だけども全体として、空気がいたるところでピリピリ、びくびくしたものになる。ものすごくいやな時代なのです。

――2章の冒頭で出た話題ですね。いまが、これまで生きてきて一番いやな時代だ、と。どんどん、ろくでもない時代になって行きますね。

▼「人類」の〝終局〟の課題に直面し始めている？

瀬尾　こういうことに言及しないで、たとえばツイッターが言論の機会を平等にするなどと言ったらまったくの馬鹿話であって、現在では無意味に近い民主主義の理念を、テクノロジーの有無を言わせぬ強制的均質化につなぎ合わせているだけです。人々は何をやっているのかと言えば、強制的な均質化に対して、倫理にも意思にもよらない、オートマチックなリアクションとして、個人としてというより人類として、いたるところに微細な格差や差別を作っているのです。平穏のなかに悲惨をあえて作っている。それは個人の責任ではないし、権力や政治が悪いのでもない。人類がそういうふうに動いているのです。技術の問題は人間の主体にも、政治にも権力にも帰属していない。まさにそういう意味での「人類」に属しているわけです。

――こういうことは言えませんか。いま瀬尾さんは、格差や貧困には、ある種の二重の性格とでもいったものがあり、そのひとつは人類がどうしても作り出してしまうもので、誰の責任というものではないとおっしゃったと思うのですが、言い換えれば、現代の私たちが直面している格差や貧困の問題には、絶対的な解はないということなのではないでしょうか。あるところまでは、一種の対症療法として政策的に対処できるけれども、あるところから先になると、「唯一絶対の解」という理路はなくなる。マルクスが『資本論』を書いて、一九世紀のヨーロッパの貧困や、労働者の不当な抑圧の原因を徹底的に分析し、その解決を一気に図ろうとしたわけですが（それを「革命」と呼んだわけだけれども）、私たちには、もはやそのような多くの人間が信じられる唯一絶対の解決の方法はない。

解はないといいますか、ここ近年の傾向として、重要な問題であればあるほど、あるいはその構造や背景が明らかになればなるほどに、二律背反のように現われてしまう。そういう性格が出ているように思うのです。たとえば温暖化問題にしてもそうです。そもそも温暖化そのものをめぐって、専門家の間で「温暖化している／していない」という見解の対立があります。するとシロウトである私たちは、どこまで温暖化問題に対して正誤を判定することができるのか。私たちがこの問題を考えるときにとることができる態度は、温暖化はしていないかもしれないけれども、している可能性は皆無ではないのだから、そうであるならば今から対策を用意しないと手遅れになる、だからこういう提案をする。

橋爪大三郎さんの『炭素会計入門』（洋泉社・新書y）はこうした態度決定を明確にしており、そのロジックを一貫させていますね。私は、それはフェアで明快な立場性の表明だと思うし、以降、ぶれることがない姿勢は、信頼するに足りると考えているわけです。従って、橋爪さんの見解を支持する。そういう理路になる。

放射能の汚染についても同様の問題のあり方になる、と思うのですね。専門家の意見は真っ二つです。どういう計算をしてどこまでの線量の高さ以上が、人体に、とくに若年者や乳幼児の人体に影響を及ぼすか、まだ明らかな医学的根拠はない、とする「専門家」の意見が一方にあり、もう一方には低線量だろうと人体へ（とくに子どもへ）及ぼすリスクは増えるのだから、被爆などしないほうがいいに決まっている。そう主張する専門家もいる。じゃあシロウトは何を根拠に判断を下せばいいのか。

どちらを選択するかは、先ほど瀬尾さんが言われたように、家族構成、職業、経済的条件、文化度、などなどのさまざまな条件や制約のなかで、一人一人が決断していくしかない。瀬尾さんが言われた二重性ということとは若干異なるかもしれないのですが、大ぶろしきを広げると、ひょっとしたら資本主義というシステムがいよいよ最終の段階に入ったがゆえの課題かもしれないとも思ったりしました。

瀬尾　シロウトは勘で判断するのです。それをどれだけ自覚的にやれるかということだと思います。専門家だって同じで、「次の一手」はわかるんでしょうが、その先はわからない。その先がわかるというようなことを言ってしまうとたいていは嘘になる。専門家の責任の大きな部分は、この「わからない」ということをはっきり言わないことだと思います。だからすべてのレベルで「正解」というものがない。そう言えるかも知れないし言えないかも知れない。わからないことはわからない。人類が全体としてどうなるかといえば、なるようにしかならない。その中で個々の人がどうなるかということは「運」である。とりわけ技術の問題は本質的にそういうものだと思います。倫理はそこに介在しない。そんなふうに言うと無責任だとか言う人がいるわけですが、本質的に、なるようにしかならない、としか言えないものを、あらかじめわかっているようにしゃべったり、個人として倫理的責任を謝罪してみたり、誰かを悪人に仕立ててそれを告発したりすることこそが無責任だし、倫理的に悪だと思う。

正解はない。正常もない。ぼくもとくに最近、自分がかならずしも正常であるとは思わない。家族など身近な人たちから見たら、ぼくはかなり異常な人間なのかもしれないと思う。震災当初の自責の念について、佐藤さんがさっき話されましたが、汚染された社会を若い世代に残さなければならなくなったこととか、自分の子どもたちに申し訳がないということとかについて、いいことか悪いことかわからないけれども、ぼくはそれを自責として考えることはない。原理的に言ってそう考えるようなことではない、とぼくは思う。だけど、もしかするとこれは個人的なバイアス、病気のようなものかもしれない。それは自分でもわからない。個人的な生存感覚も含めて、みなそれぞれにちがうとしか言いようがない気がする。

――瀬尾さんがそんなふうにおっしゃるのは、よくわかります。自分で倫理性に回収されかねないかしこまったことを言っておいてなんですが、圧倒的な事象が起きたとき、一義的な正しさや過度の倫理性で社会が覆われることに関して、「ひとこと言いたくなる」という瀬尾さんの批評感度にたいしては、ご本人を前にして何ですが、私は絶大な信頼を置いています。それをお聞きすることが、今日の最大のテーマです。

▼文学者が「反省」すること――加藤、村上両氏の発言をめぐって

――少し話題を変えます。資料としてインタビュー記事や講演原稿をお送りいただき、加藤典洋さ

んや、村上春樹さんの発言は私も拝見しましたが、お二人の見解についてはどんな印象をお持ちですか。

瀬尾　とくに震災に関しては発言者の個人的な条件がそれぞれに違うということがとても大きいです。佐藤さんが先ほど言ったように、地方を犠牲にしてきた都市の豊かな生活ということに対する負い目があり、われわれの世代が享受した繁栄のツケを次世代に回すことに対する負い目や後悔があり、佐藤さんや加藤典洋さんは子どもさんがある。それは子どものない人とは決定的な条件の違いになるかもしれない。身近な人、よく知っている人のなかに死者や行方不明者が出たかどうか、またそういうことがなくても、東北という地方への親近性とか愛着とかも大きな差異になるでしょう。

そういうさまざまな条件の違いがあることを前提にして言うのですが、村上春樹さんや加藤さんの書いたものを今回読んで感じたことは、取り返しのつかないことをした、深く反省し、自分の考え方の方向を変えなければいけない、そういうトーンをまず受け取ったのです。村上さんも加藤さんも、震災の衝撃を受け取るときに、その契機が、次世代への申し訳なさとか、自分が享受してきた繁栄に対する負い目とか、そういう倫理的なところに置かれているように感じた。自分の個人的な倫理であったり、世代的な倫理、自分がどこで暮らしているかとか、震災のとき自分がどこにいたかとかいう、空間的な倫理感情もそこに含まれているかもしれません。その結果として、これは村上さんにとっても、加藤さんにとっても、かなり大きな態度変更かもしれないなあと思うのは、核エネルギーに対して、ただちにとは言わないけれども、漸進的に「廃絶」という理念を打ち出しているように感じた。そこにはなにか根本的な態度変更があるように思った。

八〇年代初めの反核運動に対してわれわれが異議を申し立てたとき、吉本さんの『「反核」異論』が代表的ですが、そこでいちばんの前提になっていたのは、核の「廃絶」などというのは原理的にありえない、という共通了解だったと思う。あと冷戦下の当時の政治情勢の認識とか文学と政治の問題とかいろいろ派生した問題はありますが、すべての前提にあったのは、核「廃絶」というのはありえない理念だ、架空の、あえていえば虚偽の理念だ、そういう理念から普遍的な倫理を作り出すのは誤りだ、ということだったと思う。それが今回、核兵器ではなく、原発の問題としてそれがあらわれてくると、段階的にではあれ、その「廃絶」が語られはじめた。しかもそれを動機づけているのが、ある倫理的な負荷のようなものだと感じられる。このことに、ぼくはとても戸惑う。

いまぼくたちは安全管理や情報の開示・伝達に関して専門家たちの責任を問うているでしょう。政治責任者たちの責任を問うているわけでしょう。そういうことがなぜ可能なのかと言えば、普遍的な意味で「廃絶」という選択がわれわれになかったからですよ。もし「廃絶」ということがありうるんだったら、責任はそれを選択しなかった「われわれみんな」のものになる。もはや専門家の責任も政治責任者の責任も問えない。だがこういう自己否定的で総懺悔的な倫理の受け止め方はおかしいです。

そのうえで言えば、たしかに加藤さんの文章からは学ぶところが多く、核抑止というものは実際には技術抑止になっていて、それを先進国の権力が相互にコントロールしている、というような点を始め、教えられるところがたくさんありました。そこを出発点として自分なりに考えたこともいろいろあります。つまり加藤さんは「技術抑止」ということで、核エネルギーそのものの廃絶不可能性を受け止めていることになるのでしょう。そのうえで核技術そのものは廃絶不可能だが、原発は廃絶できる、と言おうとしているわけです。でもそれはほんとうだろうか。

村上春樹にかんして言うと、広島・長崎以来の日本人の核アレルギーを保存しておくべきだった、それを足場にして決して原発を作らないという方向に導いていくべきだった。そのための力を代替エネルギーの開発に向けるべきだった。これから先日本人が、新たにそういう倫理を形成していくために、文学は力をもつべきだ。そういう主張についても、あのスピーチが行なわれてから日がたつにつれて、納得できなくなってきました。似たようなことを以前から村上さんは言ってたのかもしれない。だけどぼくは印象として言えば、これはいろいろな意味で、村上春樹という作家が今までやってきたことを裏切っていると思う。

どうしてかと言うと、村上春樹はここで問題を、不当に倫理的なところに追い込んでいるからです。広島・長崎に関しても、今回の震災に関しても、われわれは被害者であると同時に加害者だ、と村上さんは言っています。もともと倫理的なカテゴリーを超えているものを無理やり倫理にはめこめば、「被害者であるとともに加害者」という言い方になるに決まっています。こういうものの言い方の嘘に、いっかんして敏感だったのがこれまでの村上の文学だったんじゃないでしょうか。

彼の文学は、倫理的なカテゴリーの外にあること自体がもつ倫理性の主張、というか、われわれの存在というものが倫理的なカテゴリーには還元できない、ということを主張することの倫理性をつねに発散していた。それがどうしていまごろになって、われわれは被害者であるとともに加害者でもある、などという言い方が出てくるのか。

こういう嘘は、敗戦後の日本でも、六〇年安保闘争のあとでも、全共闘運動のなかでもさんざん聞かされてきたものだ。そういう言い方は、ことがらの本質を決して言わない。ただ、それを言っている人間が、自分を倫理的な人間に見せようとしているだけです。文学というものは、本質的に世界は破滅してもいいと言える自由をつねに確保しているべきものだし、それは前提として、最初から村上春樹の文学のなかには明確にあったはずです。ところが今回は、核エネルギーの廃絶に向かうための倫理をつくるのに、文学者は参加できるはずだ、などと言っている。もちろん現実に作家として筆をとれば、たぶんそういうことは絶対しないのでしょうけれども。

それから村上さんが「効率」を言っているところもよくわからない。われわれがこういう誤った道を歩いてしまったのは「効率」を選択してしまったからだ、と言っているように聞こえる。かりに「効率」ということがわれわれに選択可能なことだったら、こういう言い方は成り立つでしょう。でだけど、たとえば生活感覚から言えば、ぼくだってパソコンも携帯もない時代に生きたいと思う。でもそんな選択はありえない。あるいはこういう世界になってしまったのは、われわれが無批判にパソコンや携帯を容認し、それを享受してしまったからなのか。われわれが意思して、効率至上主義を反省していれば高度資本主義にもならないし、金融商品市場に左右されない世界ができたのか。そんなことはありえない話です。ここでも村上さんは、もともと人間の意志的な選択ではない事柄を、人間の選択の問題に押し込もうとして、そこに現実にはありえないような倫理を作り出していると思う。

一般的に言って、文学者はもともと時代の固有性の限定のなかで仕事している。この限定があるから、その仕事がその時代の歴史的な必然を体現することができるわけです。そういう限定がないとしたら、文学という表現自体がはじめからなりたたない。だから自分がやってきたことが間違っていたとか、いま状況が変わったから態度を変える、というような過去への言及のしかたは、文学者にはありえない。

小林秀雄は、戦後になって「頭のいいやつらはたんと反省するがいい、おれは馬鹿だから反省などしない」と言った。彼自身は戦中期に戦争に対して非協力的な書き手ではなかった。その戦争の結果、日本人が三百万人、アジアで二千万人が死んだ。でも「反省なんかしない」。それは心が痛まないということではないし、事実として反省しないということでもない。「反省しない」と「言う」ことなのです。どんなに心が痛んでも「反省しない」と発言することで、思想や文学のための場所を断固として確保したわけです。その無責任さに責任を取る、という発言には、政治的責任者が三百万、二千万の死者に責任をとるのとは全く違う意味がある。この無責任さによって、どれだけの人間が救われたかといえば、二千万とか三百万とかいう数で数えることのできないような人々が救われたわけです。

だから文学者は反省する必要などない。かつてと同じ構えで、同じ自分の存在を賭けて、今言えることをただ言えばいいわけです。かつての考えは間違っていたと「言う」とか、反省すると「言う」のは誠実な態度に思えるのだけれども、一人の文学者としては、それは自らの過去を切断すると同時に、これから自分が言うことも、いつ反省して変更するかわかりませんよ、と言っていることになる。これは一人の文学者としてとても危険なことだと思う。
大きな影響力を持った公的発言者にはフォロワーがいます。フォロワーたちは顕在的にではなくても、ある文学者や思想家が言っていることを頼りにして、自分の言論を組み立ててゆく部分がかならずあるのです。そういう人たちは、自分がフォローしている人が変わってもらっては困る。いつも同じ場所から、存在を拡大していってもらいたいと思っているわけです。その人が、それまで誰も開いたことのないような思想の地平を切り開いて見せたのだとすれば、歯を食いしばってでも、その場所を動かないでもらいたい。決して軸足の位置を動かすようなことをしてもらいたくない。ぼくたちはそれを心の支えにしている。思想家とか文学者はそういう存在だと思うのです。

▼吉本発言の一貫性と原理性

――その小林秀雄の発言の延長上に、吉本さんの発言の一貫したブレのなさ、強さが現われてくるわけですね[*3]。

瀬尾　ぼくは今回、吉本さんにそれほどアクチュアルな発言を期待していたわけではなかったのです。じじつ最初のころの発言は、それほど的を射たものではなかった。ところが何カ月かたってみると、結果的に一番正確だったのは吉本さんだったのではないか。結局彼だけが、ぶれることなくアクチュアルな発言をした、という印象が残った。
いくつかインタビューがあるのですが、『飢餓陣営』のインタビューや今度の「撃論」のものなどの前に、『思想としての3・11』（河出書房新社）があって、そこに大日方公男さんによる「これから人類は危ない橋をとぼとぼ渡っていくことになる」というインタビューが載っています。ぼくは、これがとてもよいものだったと思うのです。

人間は、人体の皮膚を透過しうるような素粒子の運動を解放し、それをエネルギーや放射線として使用するようになってしまったのだから、いったんそれを解放してしまった以上は、もう最後まで付き合っていく以外にはない。人類が破滅する可能性は相当あるけれど、付き合ってゆく以外の方法は残されていない。

たしかに発電にかんしてだけ言えば、代替エネルギーに移行するというオプションがあり、そういう政策はありうるし、不可避的にそうなるようにも思えます。太陽光発電があって、地熱があって、風力がある。そういうエネルギーの多様性ができて、その多様性をさまざまにアレンジするテクノロジーが出てくる。スマートグリッドのようなものが整備され、エネルギー買い取り制度ができる。そういうところに移行していくのは趨勢として止めようがないと思います。

でもいったん解放してしまった素粒子エネルギーはどうなるのか。それは爆発的な、超高効率なエネルギーなのだから、それに対するコントロールとか監視とか、そういう問題は絶対に残り続けるわけです。その場合に戦争利用と平和利用の区別はない。それをしなければ、これは爆発的なエネルギーなんだから、すぐにブラックマーケットができて、イレギュラーな権力がそれを手に入れることになるでしょう。テロリストやイレギュラー国家のコントロール下に入ったら、とてつもない危険要因になるわけだから、相対的に理性的な権力が、複数でそれを管理しているほうがいいわけです。現在は先進国がかろうじて、国家連合のようなかたちでそれをコントロールしている。それが核拡散防止だったり、IAEAだったりする。ドイツは減らすかもしれないけれども、フランス、アメリカ、日本はたくさんプルトニウムをもっている。そういうことは、エネルギーを原発に依存するとか、いざとなったら軍事に転用するということよりも、核エネルギーを世界規模でコントロールするために、先進諸国のプレゼンスを確保する必要があるという意味でしょう。

だから仮に原発を減らすとしても、核エネルギー全体における先進諸国家の取り分を縮小するわけにはいかない。あとは世界規模で権力の布置をどう変えてゆくか、という問題が残るわけです。吉本さんが言う通り、いったん素粒子エネルギーを解放してしまったのだから、もはや付き合っていく以外の選択肢はない。ぼくはその通りではないかと思います。

八〇年代はじめ以来、核兵器「廃絶」という理念は成り立たないというのがわれわれの共通了解だった。同様に、原発の「廃絶」という理念も成り立たない。縮小はありうるし、エネルギーの多

＊3　その後、吉本氏は、「週刊新潮」（二〇一二年一月五・十二日号）誌上のインタビューにて、瀬尾氏同様に、小林秀雄に触れた発言をしている。少し引用をさせていただくと（小林の発言を引いた後）、「（戦争中と同じ考え方を今も持っていると）そう言われたら、突っ込みようがない。私はその答えを聞いて、小林秀雄という人は、考え方を易々と変えることはしない、さすがだなあと思いましたね。世の中では時代が変わると政府も変わる、人の考え方も変わる。それがごく当然なのですが、ぼくはそれにもの凄く違和感があった。だから、福島原発事故を取り巻く言論を見ていると、当時と重なって見えてしまうんです」（p63）

ちなみに、瀬尾氏の発言は「週刊新潮」発売以前のものであり、両氏ともに、期せずして小林秀雄についての言及となった。

元化はできるし、それをマーケットにすることもありうる。当然そうならざるをえない。しかし「廃絶」ということは、理念として間違っているから、考えないほうがいい。「廃絶」しないで付き合っていく、という言い方以外にはない。だからこそ専門家の責任も問えるのだし、政治家の責任も問えるわけです。素粒子のほうから、いったい俺をどうしてくれる、と言われて、人間はそれに答えられなければならない、という言い方を吉本さんはしていますが、これに尽きると思う。

▼中沢新一発言をめぐって

瀬尾 それと、かなり早い時期に中沢新一さんの「日本の大転換」がありました。最初に出たのが「すばる」の六月号と七月号[*4]だから、書かれたのはたぶん四月くらいだと思います。これが出たときにほんとうにびっくりした。まだ震災からまもない時期で、とびかっているのは、まず数値的な、あれこれのおびただしい情報。でもそれはいくら出されてもその数値の持つ意味はだれも確定的に言えないのですね。それととにかく自分たちの置かれた状況を、わけのわからないままに実感としてきれぎれに発信しているもの。そのあと現われてきたのが、これは誰の責任なんだ、われわれはこうしていていいのか、という種類の発言。中沢さんの文章が出てきた四月ころは、言論がまだまったく混沌としている時期だった。そのときにこの文章は、倫理的なものへ感情を流すのではなく、前のめりになって政治的な対応を口にするのでもなく、当面している事態をしっかりした文明史的な遠近法のなかに置いてみせた。このことのもっている解放感はすごかった。こんなふうに事態を見ることができれば、倫理的な混濁はすべて飛んでしまう、と思った。その感覚は今も変わらない。

ただそれから半年くらいたって、あらためて読んでみると、中沢さんなりのブレというか、論理的な不整合が、この文章の中にたくさん見えてきたのも事実です。ひとつは、太陽系的なエネルギーを生態系の中心に直接持ち込むのは、まったく異質な外部を生態系のなかに持ち込むことなんだ、と中沢さんが述べている部分。こういう言い方で原発の存在の不気味さをなんとかして言い当てようとしているわけですが、ほんとうは読めば読むほど、太陽系のエネルギーは生態系にとっての内在性であるとしか読めないのです。生態系は起源的には太陽系のエネルギーから派生している。最初は、生態系が太陽系から直接に恩恵をこうむるというかたちだった。しかしそれでは不安定だから、植物や鉱物の中に蓄積された太陽エネルギーを使うようになる。それが火の使用であり、石炭、石油といった化石燃料である。そうすれば相対的に安定したエネルギーが確保できる。

そこからさらに進んで、今度は太陽で起こっている化学反応をそのまま地上で起こせばいいということになる。ウランを使って核分裂反応を起こさせる技術が生まれる。それが核燃料ですね。それは人間が意図的にそれを起こすようになるまえに、地球上で自然に起こっていたことだ、という例まで挙げられているわけです。そして現在、核エネルギーの扱いがあまりに危険だということになると、こんどは太陽熱を直接、電池のなかに蓄積しよう、化石燃料と同じことを電池でやろう、ということになるわけですね。だとすると、生態系というのは太陽エネルギーの循環の内部にあるということであって、そこに異質な外部性などはない。読めば読むほど、外部ではない、内部だ、と

＊4 「日本の大転換」は、「太陽と緑の経済」と合わせ、『日本の大転換』（集英社新書）として二〇一一年八月に刊行されている。

言っているようにしか読めないわけです。
　あの文章で書かれている外部性のモチーフは、中沢さんなりに原発事故を受け止めて、あるいは人々の恐怖や不安を敏感に感じ取って、その驚きや不気味さを言うために持ち込まれたものなんだと思う。太陽系エネルギーなんだから、生態系にとって別系列なんだ、異質であり外部性なんだと、なんとか言おうとしているわけです。でもほんとうはそうじゃない。吉本さんが言っているとおり、宇宙で起きているエネルギー現象はすべて核分裂エネルギーである、太陽系も生態系もそのエネルギーの循環の一部である、という言い方が自然だし、正しいわけです。

――中沢さんの『日本の大転換』を私も読みましたが、ちょっと感想を言わせていただくと、中沢さんはこういうときにも、といいますか、いつでもこういう発想をする人なんだな、と思ったのです。いい意味でも、悪い意味でも、ですけれどね。それが最初に浮かんだ感想でした。

　解放感を与える文章、というのは賛成です。それは中沢さんの文章のとても大きな特徴で、地下鉄サリン事件の前後のときにもそうだったと思うのですが、若い世代の読者に、いろいろな意味で解放感を与えたと思うのです。とくに八〇年から九〇年にかけて、当時の新しい宗教団体に惹かれていくマインドをもった若い人たちから、中沢さんの書くものは強い支持を受けました。人一倍強い閉塞感を感じ、どこかに出口はないかと探しもとめている感性にとって、中沢さんの文章は現実を突き抜けていくような思考の運動を体感させてくれるもので、すごく魅力的だっただろうことはよく理解できます。ただ中沢さんの言説は、責任を問われない構造になっているのではないか、という印象がずっとありました。

瀬尾さんがおっしゃっているように、いま原発について何か発言をすることは、ある立場性に回収されてしまうことになるわけですね。場合によっては、望むと望まないにかかわらず、政治的な立場を選ばされることにもなりかねないし、するとそこには、ある種の責任が生じてくる。そのことを覚悟しなくてはならない。ところが中沢さんの書かれる文章は、それをうまく回避するような、事後に生じる責任を引き受けなくても済むような、そんなロジックになっている。これはオウムのときの文章のあり方と同じではないか、というのが『日本の大転換』からうけた印象です。

瀬尾　レトリックで現実感覚を受け止めてゆくんですね。そのときどきのわれわれの感情の動きを捉える敏感な感知があり、それを大きな世界観にまで拡大してゆくことができる。面白くて教えられるところがたくさんある。直面している事態を文明史的に位置付けて見せる議論は、あきらかにわれわれに大きな解放感を与えた。しかし結論に導いていく部分で、レトリックが過剰になっているんだと思う。文章がうまい人で、レトリックで処理できる範囲がとても大きいので、ときには論旨と違う結論を導くこともできる。「日本の大転換」でも、論理が反転している部分がいくつもあると思う。

たとえば、市場というものは社会を超えている、社会は人間主体がコントロール可能だが、市場はそうじゃない。市場が社会を超えて広がってしまうと、それは外部性だからコントロールできない。その市場のど真ん中に、太陽エネルギーを原理とする原発が置かれている。何という「パラドックス」だろう、と中沢さんは書いている。でも中沢さんはここで、太陽系エネルギーは生態系にとって外部性だと言っているわけだから、外部性である市場のまんなかに、太陽系エネルギーが置かれるということは「パラドックス」ではなくて、順接関係ですね。でもそこはレトリックになっている。目の前の原発事故の不気味さを言うためには、それを「パラドックス」という語で呼ばなければならない。そうすることでわれわれの危機感に深く入り込むことができる。でも言っていることの論理はほんらい違うはずなのです。

中沢さんはいま政治的アクティビストになりかかっているのですが、それをこういうレトリックの延長でやろうとすると危ないのではないかと思います。そういう危ないところへ運動がさしかかる前に、降りてしまうのかもしれませんが。

▼村上春樹発言について

——村上春樹の発言について簡単に述べさせてもらうと、村上さんの発言は、海外のプレスあてのメッセージ、という意味合いの濃いものになっていませんか。少し前のエルサレム賞の受賞スピーチにあっても、国際スタンダードをとても意識されたスピーチでしたし、村上さんはデビューして後、いつからか、スピーカーとしてはそういうスタンスをはっきりと固めておられるんではないでしょうか。

たぶん地下鉄サリン事件以降は、自覚していたのではないかと推測するのですが、村上さんは世界市場に出る、世界標準で勝負する、ということを明確に意識しつつ、ある時期から作家活動をやってこられたと思うのです。メディア対応も、作品のキャッチコピーも、そしてタイトルの付け方も、取り上げる素材も、その戦略の上にあると思うのです。世界標準を意識したタイトルというのは――例によって私の〝妄想批評〟だと受け取ってくださって結構ですが（笑）――たとえば『1Q84』であれば、世界中の文学好きなら、まずジョージ・オーウェルを思い起こすでしょうし、『海辺のカフカ』なら、この作品はカフカという作家がキーワードになっていると読みますね。村上さんは、翻訳されたときに、そのことによるニュアンスのズレができるだけ回避されるような、そんなタイトルが用いてきている。というか、あえて誤読させるように仕向けているわけです。当たっているかどうかはわかりませんよ（笑）。

ちなみにタイトルの付け方で、まったく逆の行き方をしているのが古井由吉さんだと、いつも感じるのです。『忿翁』『ひととせの』はどう訳すのでしょう。直訳をすれば「怒る老人」と「一年の」とでもなりますが、それでは原題のニュアンスが消えますね。『やすらい花』や『白暗淵』。私は語学ができませんが、これらのタイトルのニュアンスを翻訳で表現するのは、まず不可能ではないでしょうか。古井さんは古井さんで、翻訳されにくいタイトルを選んでおられるような気がします。そしてタイトルも内容もダイレクトに日本の古典につながるような、そうした作品世界を描き続けておられる。小説家という存在は、そういうものだろうと思うのですね。

瀬尾さんがおっしゃる、文学者は反省なんかする必要はないという発言は、瀬尾さんのブレのない発言態度であり、私はなるほどと受け取っているし、全面的に賛成です。ただ、村上さんのように世界スタンダードを採用している小説家にとっては、「自分は反省しない」というような小林秀雄張りの表明をすることは、まず不可能だろう、しないだろうと思うのです。「ハルキ・ムラカミ」に求められるものは何か。その役割を俊敏にキャッチして、求められている職責をしっかりと果たすこと。村上さんの公的な発言を私はそんなふうに受け取っています。

さらに脱線させていただくと、村上龍さんと村上春樹さんは、三十年間、結果的に役割を分担しながら現代日本文学のフロントラインを作ってきたのですが、「作家は反省なんかしなくていいんだ」という小説作家としてのあるべき態度を示して見せているのは、龍さんの役割かもしれませんね。たとえば、小説家でさえジェンダーバイアスに過敏に配慮せざるをえないこのご時世に、相変わらず「男は消耗品だ」と言挙げしてはばからないのが村上龍です。『歌うクジラ』は近年でピカイチの小説だと私は読んだのですが、これは村上龍の数ある秀作の中でも一、二を争う傑作です。面目躍如だと思いました。

▼加藤典洋発言について

――それから加藤さんについてですが、欠席裁判にならないよう注意しながら少しだけ。

加藤さんは、もう文系の知識だけではだめだ、シロウトであっても理系の勉強をして、原発問題について発言していくんだと、きわめて率直に語っておられますね。私にはあの部分が印象深かったのです。ご自身がインパクトを受けたものとして池田清彦さんの見解を引き、大変面白いと言い、返す刀で中沢新一さんの『日本の大転換』に触れて、人文的な知は何というナルシスティックなのか、だから文系は(ダメだ)と言われるんだ、ということを書いておられる。瀬尾さんは、加藤さんには反省なんかしないでほしい、と言われましたが、私は、『敗戦後論』の著者である加藤さんには、これからは文系の知だけじゃだめだ、なんて言わないでいただきたいのです。加藤さんにまでそんなことを言われたら、文系バリバリの私（たち）はどうすればいいのか。つまり、こういうことを言いたいのです。

加藤さんが『敗戦後論』（講談社）を上梓したのは一九九五年。当時、実学がものすごい勢いで席巻しはじめ、文学は閉域に追いやられてお呼びではない状態になり始めていました。社会学や、マニュアル診断による新しいタイプの精神医学の知見をバックに、社会学者や精神科医の方々が、文学者から、メディアで主役の座を奪っていました。『敗戦後論』はちょうどそのような時期に発表されたのですが、私にはこの仕事は、加藤さんの文学にたいする強い愛着と、だからこその大きな危機意識を読むことができたのです（『アメリカの影』以来の一貫した危機意識だといったほうがよいのでしょうが、とりあえずここでは『敗戦後論』に限定します）。

文学は、もう社会の重要な問題と格闘することはできない。隅のほうで一握りの読者を相手に、仲間内だけに通じる言葉を使って語り合う、サロンの慰みもののようになってしまった。そんなふうに見なされかねない現状にあって、いやそうじゃない、戦後の精神史を扱ってここまでの仕事が、文学でもできる、社会学だけじゃない。それを示してくれた仕事が、『敗戦後論』だったと思うのです。公言こそしなかったでしょうが、あのとき社会学的な勉強を、加藤さんはそうとう積まれたはずです。

社会思想の文脈においても十分に存在を主張できるし、文芸批評作品としても水準以上の質をもって自立している。そういう仕事をして見せなければ、文学の存立基盤自体が危うくなってしまう。そんな文学への強い危機意識と自負のたまものが、『敗戦後論』だと受け取りましたし、その評価はいまも変わりません。ご本人を前にしていますので留保しつつ申しますが、瀬尾さんが「直接話法」という詩の方法を主張され、『アンユナイテッド・ネイションズ』を書かれたことも、『戦争詩論』に取り組まれるようになったことも、加藤さんと同様の問題意識であり、その延長上でのことといいますか、響き合う磁場でのお仕事だと受け取ってよいだろう。私はそう考えています。

ともあれ、文学の危機と自負を背負うようにして仕事を続けてこられた加藤さんが、これからは理系を学ばないとだめだ、人文系だけでは話にならない、とおっしゃっている。これは、少なからぬショックでした。その感知は間違っていないと私も思います。ただ、どういうのでしょうか、『敗戦後論』は、まさに「戦後のねじれ」を示して見せることが主要なテーマでしたし、そのねじれを引き受けつつ新しい戦後的な価値をどう作っていくのか。そのことを問いかけ、重要な試金石として「戦争の死者」という問題を出されたわけです。

そして原発の問題というのは、一方では科学技術やエネルギー問題ではあるけれども、もう一方では、まさに加藤さんが指摘した「戦後のねじれ」そのものの象徴的な産物ではないですか。世界でただ一つの被爆国が、戦後、「平和利用」の名の下で、核エネルギーを用いる発電所を自国内につくり始めたわけですから。しかもアメリカの圧倒的な政治的影響下でのことであり、年を追うごとに原子力依存を大きくさせ、高度経済成長を下で支える原動力となる。これもまた、シンボリックな「ねじれたアメリカの影」そのものではないでしょうか。文学の主題として、「ポスト9・11」から「ポスト3・11」へ、という課題にどう取り組むのか。たとえば「3・11」での死者への哀悼、生き残った人々と死者との和解。これらを、どう文学の主題とするのか。これは加藤さんへの注文というより、私自身が課題とすべきことなのですが、そんなことを考えていたところだったわけです。『敗戦後論』のときには思考のフォーマットに〝厚み〟がありました。重構造の思考を示してきた加藤さんにしては、今回は珍しいほど、直截な発言になっておられる。今回のものは緊急発言であって、これから思考を練り上げていかれるのだろうとは思うのですが、瀬尾さんに送っていただいた加藤さんの文章を拝読し[*5]、それが、私がもった感想でした。

瀬尾さんのほうから、補足的に何か発言してくだされば。

▼「技術化」した世界の趨勢

瀬尾　定義から言うと、理系的な知性というのは国際スタンダードが「ひとつ」になるような知性のことを意味しています。それに対して文系の知性というのはつねに民族言語が介在しますから、国際スタンダードが「複数性」になるような知性のことを言います。いま理系の知性が優位に立つというのは、いいかえると世界が「技術」の問題によって追い詰められているということの徴候なのですね。こういう問題設定のなかに入ってしまうと、各民族言語のなかで起こっている問題よりも、世界共通語である英語のスタンダードで語られる問題のほうを上におけ、という要請にだれも抗うことができなくなります。日本語だけで考えてきた文学者たちは、ここでだれもが「反省」して心をいれかえなければならなくなるわけです。大学でもいまは、どんな外国語よりも、世界英語

＊5「死に神に突き飛ばされる」（『一冊の本』講談社、二〇一一年五月号）ほか。この間の加藤氏の発言は、『3・11　死に神に突き飛ばされる』（岩波書店、二〇一一年十一月）として一冊にまとめられた。

の習得が大事だ、という力に抗いがたくなっています。これはグローバリゼーションのせいと言うよりは、世界が「技術」化していることの結果です。

ポストモダン期以降の文学者たちが、たんに日本語の中でだけ流通する言論はだめで、他者としての世界英語的なコミュニケーションの場に開かれなくてはならないなどと言うようになりました。こういう言い方は時代の趨勢を追い風にしていますから、だれも逆らえないのです。ぼくのように日本語とせいぜい少しドイツ語、というような世界で生きていると、つくづく世界英語の優位のなかで仕事している人たちは時勢に乗っているなあと思います。でもそれはほんとは世界史的な趨勢なのではなくて「技術」世界の趨勢なのですね。

そういう趨勢に乗ってしまうことで言論は何を失うのか。アーレントが言論の公共性の構造について言っているとおりです。各民族語のなかに閉じこもると、だれもがディスコミュニケーションを抱え込んで独善的になりがちである。だが逆に共通性のほうが圧倒的に優勢になってしまうと、こんどは人は「伝えるべきことがなくなる」。なぜなら異質であることこそが「伝えられるべきこと」なのですからね。

村上春樹のような作家が、自分の仕事を世界スタンダードに近づけてゆくとすると、彼にとっての危機は「言いたいことが伝わらない」という危機ではなくて「伝えるべきことがなくなる」という危機だと思います。彼が原発の問題にかかわって広島や長崎に言及するときに、彼が抱えることになるのは後者のほうの危機です。英語のできる人のあやうさ、世界英語スタンダードによって語らされることになる危機。たぶん彼は、そのことを感づいているから、今回のスピーチを日本語でやったんだと思います。エルサレム賞のときは英語だったんですけどね。文系の知性というのは、いくら世界貫通性に近づくように見えても、複数性を決して抜けることはできない。世界英語というのは幻想の言語で、われわれは結局、ベンヤミンが言うとおりの「翻訳の連続体」以上のものにゆきつくことはないわけです。

――このことはあまり不用意に口を滑らせないほうが賢明かもしれませんが、いま瀬尾さんが言われた「伝えるべきことがなくなる危機」は、『1Q84』において始まったのではないか、と思えてならなかったのです。もちろんすごい作家ではあるし、私自身がまだ十分に読みこめていないのかもしれないという危惧は十分にあるのですが、読んだことで、全く新しい世界に触れた、私自身の世界観や人間観がぶっ壊された、という衝撃がなかったのです。

『歌うクジラ』のほうは、あそこに出てくる人間たちは、今まで一度も描かれることのなかった〝人間〟の手触りをはっきりと感じさせてくれるもので、人間が「こころ」を失っていく、別のものに変質させていくとはこういうことかというリアリティに充ちていて、それは、私には全く新しいものでした。ついつい、「二人の村上」は比較しながら読んでしまうのですが――。

▼死、あるいは死者について

――次に、死、あるいは死者の問題について少しお話いただきたいとおもいます。吉本さんは、銀河系の終わりが死だ、あとは個々人の死が様ざまな偶然のなかであるだけだ、そうとしか言えない、という趣旨のことを言われました。私は精神的に解放感を与えていただいたといいますか、非常に気持ちが楽になりました。個人的な話になりますが、この二年ほどのあいだで、親しかった人間が、五人、次々に他界していきました。そのたびに、死にたいする閾値といいますか、ハードルがどんどん低くなっていくのを感じていました。そこへ追い打ちをかけるように震災が襲ってきて、「みんな、どんどんいなくなってしまうじゃないか」というような、無残な気持ちを抱えながら吉本さんにお会いしたのは四月でした。その時に吉本さんの、銀河系が存続すれば存続するし、銀河系が終わればそれまでなんだ、という言い方で示された、ひとが生きるということ、命が尽きるということ。いかにも吉本さんらしい言い方。たしかに個々の人間の死は、残された人間にとってはとても重いし、簡単には納得できるものではないのですが、でもこういうふうに死というものを考えればいいんだと思わせてくれる、とても大きな力がありました。

それでここでの瀬尾さんへの問いは、あっという間に二万人のかたが津波被害のために亡くなったり行方不明になった。こうした死や死者の問題を、安易なストーリーや倫理性に回収されないようなかたちでどう考えればよいのか、何か思うところがあれば、という問いなのですが。

瀬尾　死にたいする閾値が低くなっているというのは、まったく同感です。親の世代は別としても、昔から特別に親しかった仲間のなかから何人かに死なれると、それは大きいですね。ぼくは病気恐怖みたいなものが昔からあったのですが、最近はなぜかそういう不安が弱くなっていて、なにか、どうでもいいやという感じになるのですね。それと、死にたいする閾値が下がってきたことと並行して、自分のリアリティの範囲がちょっと広がった、という気がします。自我や主体が処理できる範囲が、年齢とともに狭くなってくるので、逆に、「向こうから来るもの」というか、周りから感じ取るもの、聴きとるものの領域がひろくなった。向こうから来るものに頼らざるをえないような、そういう範囲が広がってきている。「この世」がわずかずつ「あの世」化している。それを言い換えれば、自分がリアルと考えているものが拡張した、ということになるわけです。

でもそういう、ある意味で超越的なことがらを考えるための思想的な用意がぼくたちにはない。とくに日本の戦後は、死というものを考えてこなかった。考えられないようにしてきた。「超越性」とか「死」とか「死後」というようなことにかんして、ある線以上に踏み込んで考えることを禁止する構造になっていたと思うのです。

戦争期には、強制的に死のことを一定のパターンで考えさせるシステムがありました。もちろん自分自身の死を納得する仕方は個々人で別なのですが、社会全体としては、超越性を戦争時の天皇制に集約していくようなメカニズムがあったと思う。さらに時期を遡ると、死を集約するものは多様であって、仏教系では日蓮宗の政治的社会的な影響はたいへん大きいですが、それ以外に真宗も、近代に入って一神教的な構造を帯びてくる。キリスト教ももちろんそうです。近代に入ってからのそういう流れを、戦争期にはすべて天皇の疑似一神教的な構造のなかに集約させていった。そういうふうに人々の超越性を集約しておいて、こんどは戦争をして負けると、その構造が一気に崩壊する。そのあと天皇が自ら「人間」宣言をする。超越性の否定だけが残るのです。それまで人々の精神性を集約していた超越性がカテゴリーとして空白になった。そんなことは観念の必然としてありえないわけですから、ここには禁圧がはたらいている。三島由紀夫がこだわり続けていたテーマです。人間以上の審級はどこにもないんだ、それ以上の超越性を決して考えるな、そういうものが現われてきたら潰してしまえ、そういう禁圧が戦後を支配しているわけです。「戦後日本無神論」という、これはスターリン主義唯物論が宗教であるのと同じ意味で、一種の宗教だとぼくは思うけれども、死後のことを考えたり、超越的なことを考えたりすること自体が反動的なことである、という共同了解があって、それが死のことを考えられないような構造を作っていた。それがいま、終末期の医療とか、自殺者とか、あたらしい犯罪の現われ方とか、そういうことについてのわれわれの「考えられなさ」すべてに関連していると思います。つまり存在が不可避的にはらむはずの超越性のあり方を受容するキャパシティ（超越性許容限界）が、戦後の社会のなかでは極端に圧縮されているわけです。

ぼくの考えでは、吉本さんは、戦後思想の中で、超越性について思考するためのわずかな場所を守ってきた存在なんだと思います。一見したところ、宗教性をいかに廃絶するか、というのが吉本さんのモチーフであるように見えます。自分がからめとられてしまった戦時天皇制をいかに無化するか。国家権力の宗教性をいかに無化するか、そういうことをずっと考えてきたことにまちがいはないけれども、同時に、超越的なものについての思想の運動領域は吉本さんのなかでずっと確保されている。もともとそれがなければ、宗教性の止揚ということ自体考えられないわけですからね。たとえばオウムについて考えるとき、親鸞について考えるとき、臨死体験を考えるときなどに、それがはっきりと現われてくる。

吉本さんは、高村光太郎の言葉を引いて「死ねば死にきり、自然は水際立っている」と言いますね。でもあれは唯物論でも無神論でもないと思うのですよ。死後を想定するのは意味がないとか、宗教性は廃棄されなければならないとか、一見戦後無神論のコンテクストで吉本さんも理解されるわけです。だけどそうであれば、ちょっと理解できないような、臨死体験へのこだわりとか、「死後からの視線」というような言葉が、吉本さんから出てくる。そういうことが出てくるカテゴリーが、吉本さんの思想のなかにあるのです。唯物論や戦後無神論が考えているのは、私が不在になってしまっても世界は続いてゆく、ということです。でもこれは別の意味で「世界」というものを宗教にしているのですね。「死ねば死にきり」というのはそれとは違います。どう言ったらいいかよくわからないですが、たとえばそれは、私の超越性と世界の超越性が同じレベルにならぶ、ということをさしている。私が死んだら世界もなくなる、というのに近いです。それは言い過ぎだとしても、私が死んだら浄土や天国へ行く、ということと、私が死んだら、私の不在になった世界が続いてゆく、というのとが等価にならぶ、どちらの主張もおなじ権利である、というようなことではないでしょうか。

▼関係の絶対性から「親鸞論—絶対他力」と「母型論」へ

瀬尾　戦後とても早い時期にそのことをはっきり示しているのが、「マチウ書試論」だったと思います。この時期の吉本さんに、キリスト教そのものについてどういう体験があったのかよくわかりません。この論の主調音は第一に「信憑剥奪」ということへの激しい情熱ですね。聖書の聖性そのものを剥奪する、イエスの実在そのものを信憑剥奪する。そのことが同時に吉本さん自身の、ほとんど身体的な自己憎悪（嫌悪）とより合わさっている。この自己嫌悪を転回軸にして、絶対性を別の絶対性に転換させようとしているわけです。こうして「関係の絶対性」という概念が出てくる。「マチウ書」自体は福音書であり、福音書が述べていることの核心は、いうまでもなく「神と人との関係の絶対性」です。神が人間に向かって、こういう言葉を手渡している。これは神から直接に手渡された言葉であるがゆえに真理である。それが「マチウ書」のもつ絶対性ですね。

「絶対性」という言葉は、まさに「マチウ書」そのものから手渡されて、吉本さんに受け取られているわけです。吉本さんの作業そのものは信憑剥奪である。新約書は旧約書からのつぎはぎでできている、イエスという存在自体が虚構である、ということの論証です。そしてそれはのちに宗教性や天皇制や国家を脱構築していく作業につながっていきます。しかしそのことは吉本さんにおいて、すべての絶対性は相対化しうる、という相対主義に行き着いたわけではない。「絶対性」という概念はあくまで保存されているわけです。

ここで吉本さんは「マチウ書試論」におけるマタイ伝作者や原始キリスト教への批判の形で、自分の戦後というものへの出発点を確定しているわけです。イエスは創作物であるにすぎない、と言うとき、あきらかに吉本さんは、山本七平の言う意味での「現人神の創作」のことを言っているのです。同時に、それに対する絶対感情によって生命力を吸い取られて生きてきた戦中期の自分への憎悪を語っているわけです。マタイ伝がヘブライ原典からの剽窃と部分合成からなりたっている、と言うときに、ほんとうは、戦争期にいたるまでの「日本近代」が、西欧近代の表層的引用と剽窃と断片合成によってつくられたでっちあげだと言っているわけです。

このときの信憑剥奪の構造がどうなっているかというと、「神と人との関係の絶対性」から「神と人との」という言葉をとってしまって、「関係の絶対性」だけを残したのです。でも「関係の絶対性」という概念は、それだけでは構造的に不安定である。論のなかで一箇所か二箇所「人間と人間との関係の絶対性」という言い方があると思いますが、ほぼ全体にわたって、たんに「関係の絶対性」という語が使われている。何との関係なのかということは本質的に言われていないのだと思います。それはまた「絶対」ということがどこで、何によって保証されているのかということも言われない。それは、いくつかの主題となってのちの吉本さんに残されてゆきます。

そのひとつの流れが、親鸞論の「絶対他力」という概念に行き着きます。つまりそれが「何との関係」なのかを名指さないままで、「他力の絶対性」を言うことです。もう一つは「関係の」というとき、その「関係」がまさに「人間と人間との」という形をとって現われてくる場面、相手との対面性の構造を持ち、原初的な一体性から分離されて「人間と人間との関係」として現われてくるその場面を考察すること。それが「母型論」に向かってゆくわけです。対面の構造の出発点を「母」の存在のなかに読み取る。「関係の絶対性」は後になって、この二つの道筋をたどっていくことになると思います。

対面の絶対性を考えた人としては、ユダヤ・キリスト教の伝統のなかでは、たとえばマルティン・ブーバーがいます。ブーバーの場合、骨格になっているのはヘブライ的な思考なので、対面者はどちらかと言うと「父」性的であり、「母」が名指されることはない。だから人間との対面の絶対性が、やがて神との直接的な対面にむかってすすんでゆくのです。吉本さんは、西欧やユダヤ・キリスト教的な流れを強く意識して、これに自らの「母型」的な原理をかなり意識的に対抗させようとしていると思います。母型的な原理は、言語論の基礎にもなっているわけですから、吉本さんはそこで同時に、自分の言語論が、西欧的な言語論の流れから見て、いかに異質なものであるかを語ってもいるわけです。

――非常に興味深く、かつスリリングなお話でした。「マチウ書試論」のなかの「イエスは創作物にすぎない」という主張を、山本七平の「現人神の創作」に重ねた読み。「マチウ書試論」がまったく異なる側面を見せたように感じられます。

『母型論』が西欧的な言語論を転倒してしまいたい、というアンチテーゼのモチーフをもった言語論ではないか、というご指摘は2章でも出していただいたと思いますが、しかしいま言われたような、「母型論」が、「関係の絶対性」を起源としているというのは非常に新鮮な指摘で、改めて驚きました。「関係の絶対性」から親鸞論の「絶対他力」へ行く筋道はある程度私にも予測されることでしたが、『母型論』の「母」を取り出してこられたのはかなり衝撃的な指摘でした。このような解読は、瀬尾さんが初めてだろうと思います。

それでいまのお話を手がかりに、少し私の問題意識のほうへ引き寄せてみます。例えば江藤淳に『成熟と喪失』という仕事があり、「〝母〟の崩壊」とサブタイトルされています。江藤さんも、ずっと「母」をモチーフの底に沈めてきた批評家ですが、その本で批評の俎上に載せられているのは、第三の新人の作家たちです。テーマは「父」になること。つまり成熟をわがものとするためには「母の喪失」を引き受けなくてはならないという主題が取り出され、アメリカとの関係を交えながら、文明論的な広がりをもって批評されている作品です。

吉本さんが語っていたことですが、江藤淳という批評家は、公的な発言の場では自分（吉本さん）と対極な見解をぶつけてきたが、それは江藤さんの意図的なものであったと思う、プライベートの場では極めて親和性の高い交流が最後まで続いていた、といいます（「江藤さんについて」聞き手・大日向公男『江藤淳１９６０』中央公論新社・所収）。いまの瀬尾さんのお話を伺っていて、このエピソードを思い出したのです。日本の文芸批評の背骨を作っている小林秀雄、吉本さん、江藤淳という批評家たちが、はからずも、それぞれが「母と子」のドラマを内在させていた、という共通性があったことになる。

『成熟と喪失』もそうですが、江藤さんの『小林秀雄』は、批評家・小林秀雄の「父」（これは「美の超越者・絶対者」ということでもありますが）と、「子」であることの内的なドラマが、夏目漱石や志賀直哉、中原中也などとの比較において描かれていく。母を慕う「子」から、役割としての「父」あるいは「治者」へいたる葛藤が、江藤の批評の、重要なテーマになっている。小林秀雄にしても、終生「おっかさん」ですね。『ベルクソン』だったと思いますが、亡くなった母親のことから書き始めています。吉本さんにおいても、「母」の問題があり、『母型論』を通して位置を与えることが可能だという解読は、大変にスリリングでした。

▼日本の文芸批評は母型的

瀬尾　江藤さんの、アメリカに対するアンビバレントな感情も、そういう背景からくるのではないでしょうか。もうすこし踏み込んで言うと、日本の文芸批評という領域そのものが母型的な構造を持っているのかもしれません。日本の批評は、西欧的な文学研究のように、文学作品を独立した客観的対象として扱うわけではない。むしろ文学作品や文学者によりそいながら、それへの共感や反感を通して自己を語る。江藤さんが語る漱石、吉本さんが語る賢治、小林が語る宣長、どれでもそうでしょうが、自己と対象の関係が非分離になっているのですね。それは西欧の文芸学が作家や詩人を対象物としてあつかい、客観的な研究史を積み重ねてゆくというスタイルとは根本的に違います。批評家が語る文明論・政治論も、社会学者や歴史家が語るのとはちがって、かならず状況内在的になっている。一定の歴史的な限定の内部で、自分をそれから引き剥がすようにして発言する、という構えをとっているわけです。

日本の批評が文学者や文学作品を語るとき、それが自分にはらまれている、自分にくっついている、という段階から、それを徐々に自分から引き剥がし、そこに距離を作り出す、というプロセスをたどりますね。これは母親が胎児を産み落とし、自分にへばりついている乳児をだんだんと独り立ちさせていくプロセスと同じです。日本の文芸批評というのは母型的なのです。西欧でも、たとえばハイデガーのヘルダーリン論などが典型的にそういう形をとるのですが、それは西欧では客観性を欠いた偏奇な仕事、文学研究としては許容されない哲学者の仕事として扱われます。

江藤さんが戦後の日米関係を、このタイプの文芸批評の文体で書いたということは象徴的なのですが、戦後の日本を支配したのは、アメリカ的な正義に象徴される世界英語的スタンダードである。戦前までの日本近代は国学的な日本語をプロシア的なドイツ語の立憲君主制に翻訳したところでなりたったローカルな空間だった。それが敗戦によって世界英語スタンダードに屈服した。日本戦後の「ねじれ」がここで生じるわけです。英語は与格（間接目的格）と対格（直接目的格）の区別がない言語です。つまり自分に半分くっついている、半分剥離しているような他者をさしめす審級をもたない。すべてが目的格の「対象物」になるのです。

もともとヘブライ的な思考は父権的なものですが、顕在的な父権的思考は、対極に母権的なものを確保しているから、二〇世紀にはいってもブーバーのような人があらわれて、「すべてが対象物」でできた西欧的な世界のただなかに「あなた」という穴を開けて見せるのですね。それは吉本さんが「共同幻想」と「個人幻想」の間に「対幻想」という審級を断固として存在主張してみせるのと同じ意味を持っています。

アメリカ的な世界英語スタンダードは本質的にアメリカ・キリスト教であって、ヘレニズムに翻訳されて知的に構成された西欧普遍世界の末端のヴァリアントですから、父権的な構造を隠蔽された形で全面化しているのです。それは「すべて対象物」でできた、あっけらかんとした合理主義の世界をつくります。マッカーサーは大量の宣教師をアメリカから連れてきて日本をアメリカ・キリスト教とロシア・マルクス主義の戦場にしてしまうわけですが、しかしなおかつ何人かの人々が、ローカルな、一定の歴史的・空間的な限定のなかで生きている人間の実存に接近できるような独特な散文の形式を守っていた。それが日本の文芸批評だったわけです。でも現在では批評家はたいてい、大学の文学研究者から出てきます。西欧の文芸学やアメリカ的な実証文学研究が、小林秀雄、吉本隆明、江藤淳という日本の文芸批評の流れを侵食し、それに取って代わろうとしている、ということではないでしょうか。

――おっしゃるとおりです。私には瀬尾さんのような大きな思想的スケールをもってとらえることはできませんが、ご指摘の問題の延長上に、先ほどの加藤さんの『敗戦後論』で指摘させていただいた問題が出てくるのではないでしょうか。瀬尾さんが言われた文芸批評の流れを正統に受け継いでいる文芸批評家の一人が、加藤典洋だと私は受け取っているわけです。文芸の考証学や比較解釈学などの文芸の学ではなく、文学としての文芸批評。昔、江藤淳が、学としての文芸学と文学の違いを尋ねられ、文学と非文学の違いがあるだけだ、とどこかで答えていたように記憶しています。こんなことは、いま、だれも口にしなくなってしまった。

▼存在災害と純粋言語

――それで、さきほど死にたいする閾値が下がったことと、リアリティの範囲が広がったことを、あることの二つの側面のようだというお話があったのですが、このあたりについてもう少しお話しいただけませんか。これは、いささか私にも思い当るところのある問題でもあります。あるいは、今回の災害にたいし、いわゆる言語、人間の言語はそれを分節することはできない、ということを言われ、「純粋言語」という概念を出しておられていますので、そちらから入っていただいても結構だと思いますが。

瀬尾　近代の言語観は、言語を人間の理性や人間の共同体に帰属させてきた。二〇世紀に入ると、言語は規範の体系であるとか、言語が世界の分節をつくる、などというふうに語りかえられる。でも本質的には同じで、言語を人間的な認識能力や識別力と等置しているわけです。それに対して、純粋言語は人間には帰属しない。それをハイデガー的に言えば、言語は存在に帰属する、ということになるのですが、ベンヤミンはヘブライ的な思考の伝統のなかにいるから、言語はメディアである。メディアは神からはじまって神へと円環する、という言い方になります。その円環のなかにあらゆる事物や人間が含まれている。純粋言語のなかで事物は語り出し、人間はそれを聞き取り、それに名づけ、その名によって自らの本質を神に伝える、という構造になります。人間の言語はその円環の一部分にすぎない。

たとえば今回の震災について、言論の世界でただちに、これは自然災害の面と人災の面がある、と言われています。天災の部分に対しては科学的に対処せざるをえないが、人災の部分に関してはそこには責任者がいるのだから、政治的責任も社会的責任も問われなくてはならない、ということです。それはまったくそのとおりだと思いますが、ただしそれは「人間の言語」の中では、ということです。もちろんわれわれは「人間の言語」の中でしか生きていないから、それはそれでいいのですが、そう言い切ってしまうと重要な局面が言い落とされることになります。それはこの震災が「存在災害」である、という局面についてです。

というのは、ここで人災という言葉は、非常に大きな部分「技術災害」という意味で語られているからです。社会的な、政治的なという文脈を超えて、「技術」の問題が入ってきたときには、前提として、それが人間の「主体」を起点にして考えられることがらを超えている。倫理の文脈を超えている、という前提を含んでいます。これは吉本さんが、技術と経済の問題は本質的に人間の自然過程だ、と言っていることと対応しています。原発事故は、じじつたくさんの政治的錯誤や倫理的な錯誤を含んではいるでしょうけれども、やはりつきつめていえば「技術災害」というのは「人災」ではない、とぼくは思っているのです。最後まで突き詰めていっても、だれに責任があるとか、誰のせいだ、とはどうしてもいえない壁につきあたる構造をもっている。それを倫理の問題に押し込めてしまうならば、人類はもっと大きな錯誤のなかに入り込んでしまうことになる。だからこの災害は、究極的には「存在災害」と呼ぶべきである。

「存在災害」という言葉のもうひとつの意味は、この震災が、たんに外界で地面が揺れた、津波が起こった、ということである以前に、一人一人の人間の心的なプロセスとか、身近な人びととの間の関係の亀裂のようなもののなかにまでも、深く食い込んでいるはずだということです。これは話半分で聞いてくれていいんですが、これくらい大きな地震があるときには、震災が起こった後だけではなく、それに先立ってすでにプレートの圧縮とか地殻の移動とかが巨大な規模で起こっているはずだから、それは大規模な磁場の変容のようなものを周辺に引き起こしているにちがいない。そういうものが、被災地の周辺だけでなく首都圏とかの人びとの頭脳にもあらかじめ影響を及ぼしていたと考えるのも、あながちおかしくはないだろう。話半分ですけどね（笑）。それで最初話したような、ぼくの強迫観念の話につながってゆくわけです。

それがこんどは、たとえば三月下旬頃になって夜の散歩に出たりすれば、それまではずっと暗い冬だったのに、ふいに闇の中にいろいろな白いかたまりが浮かび上がってくる。コブシが咲いている。モクレンが咲いている。ユキヤナギが咲いている。レンギョウが咲いている。そういう花たちがいっせいに何かを語り出していて、われわれはそれを受け取っている、と感じるわけです。植物が、動物が、事物が語り出している。それがわれわれに応答を求めている。「事物が語る」という言い方をベンヤミンはしているわけですが、言語というものはそもそも、人間が語るものではない。人間の主体が取り決めを交わして、それによってコミュニケートしているというようなものではない。人間が語る、ということがどうなりたつのかと言えば、最初に、事物の人間に対する語りかけが起こる。人間はそれに対して応答する。その事物に名前を与える。そういうふうにして人間の言語が始まる。だから、人間の主体レベルで維持されている言語が壊れてしまったときには、人間はどこかから言葉をもらわなくてはならないわけですが、そのときには事物からもらうのです。事物が話しかけてくるから、それを聴きとって、それに応答する。そうやって言葉を回復するわけです。

ほかにもいろいろなことがあります。うちにも猫がいますが、震災にかんして動物はとても大きな意味をもつような気がします。牧畜をやっていた人たちがどういう被害を受けたかとか、置き去りにされた犬や猫をどうするのか、というようなこととは違うレベルで、動物が何を言っているのか、ということを聴きとることがだいじなんだと思います。そのことと、津波が何を言っているのか、地震が何を言っているのか、原発が何を言っているのかを聴き取ることはつながっている。人間の言語より、動物が何か言っていることのほうがそれらに近いはずだから、そういうことについて、あまり人間の言語から発想しないほうがいいし、人間の言語に回収しないほうがいい。ベンヤミンは「自然はつねに嘆いている」といいますが、その嘆きの全体が震災につながってゆくような存在のエコノミーがどこかにあるように思うのです。それを考える言葉は、人間のコミュニケーションの言語ではない。存在言語というか、純粋言語というか、普遍言語というか、そういうものになるわけです。

▼純粋言語と瀬尾言語論のモチーフ

――事物が語りかけてくるということや、純粋言語というものを私がどこまで理解できたかどうか疑問はあるのですが、こういうエピソードはいかがですか。

昔、教員時代、子どもたちの言葉の育ちとか、言語の獲得とか、あるいはコミュニケーションという課題を取りあげて研修をした時期があったのです。ところが議論を聞いていると、言葉というものを道具のように考えていたり、コミュニケーションといっても、サイン言語の習得をどうするかとか、技術的な問題だけを議論する傾向が強かったりして、大きな違和感があった。そしてあるとき、こういう問題をどう考えるのか、ということで問題提起したエピソードです。

『アヴェロンの野生児』だったと思うのですが、森で少年が発見されて、オオカミに育てられたらしいという評判になった。ほとんど野生の動物状態で、食べるものは生肉だけだったり、衣服には絶対に袖を通さなかったり、お風呂に入ったり体を拭き清めたりすることもしない。そんな少年を育て、言葉を教えようとしたのです。毎日毎日、物を示してはその名前をくり返し言わせ、言葉を覚えさせようとしたわけです。ところがいっこうに習得しない。言葉を発するということをしなかった。するとあるとき、暑い日で、のどが渇いたのか水を飲みたそうにしているので、コップに水を入れて与えると、ごくごくと一息で飲みほし、すごくうれしそうな表情になって、それからひと言「ウォーター」といったというのです。後にも先にも、自分から言葉を発したのはそのときだけだった。細かいところは違っているかもしれませんが、そんなエピソードが描かれていて、それを紹介したのです。ことばの習得という問題には、技術的な問題や反復訓練だけでは立ち行かないところがあるのではないか、そこからは言葉は〝発生〟してこないのではないか。そういう問いかけをしたのです。何を言いたいのか、うまく伝えることができなかったようで、ほとんど議論にはならないまま終わってしまった。

私自身もまだよくわかっていないのですが、言葉を獲得するとか、言葉を発するということについて、このエピソードにはとても重要なことが示唆されているのではないか、とずっと思ってきたのですね。なにかしら大事な鍵がある。吉本さんの『言語にとって美とはなにか』に、言語の発生の問題として、太古、生まれて初めて海を見た人間が「う」と単語以前の声を発する、意識のさわりを声にする、という有名なくだりがありますね。そこにつながる問題なのではないかとも考えてきたのですが、いかがでしょうか。

つまり私が惹かれたエピソードも、吉本さんが書かれている「う」も、主体が自らの意思で発する声というよりかは事物に促される、事物を含めた何かに促される、そのような発生の起源をもつ、と言ってよいのではないか。私たちはもはや乳児期を追体験することはできないわけで、言語を獲得した大人として観察することしかできない。でも乳児が発している最初の言語とはそのようなものであって、だんだんと人間に属する言語になっていく。そういうこともふくめ、瀬尾さんは「純粋言語」とおっしゃっているのだろうか、などと考えたのですがいかがでしょう。

瀬尾　純粋言語は人間にとって、まず「事物の言語」として現われるわけですが、それは個々の事物が、人間にとってそれぞれ固有な「意味」を持って現われてくる、ということです。ある事物が存在するということは、それを人間が識別するということとは違うし、言語がそれを分節しているということともちがいます。そうではなくて、その事物が人間にとって固有な意味を持って現われて出てくる、ということで、つまり事物が人間に向かって語りだしている、ということです。この語りだしに人間が応答することで人間の言語が始まる。「ウォーター」とか「う」と言うわけです。言語はそういうふうに意味の根源と結びついている。

意味の根源はどこにあるかというと、吉本さんが『母型論』で述べているとおり、食物を摂取するということ、言葉を獲得するということ、エロスを獲得するということを、母親から第一義的に受け取るところからはじまっている。それらは存在的に同じところから、出発しているわけです。ユダヤ・キリスト教の系統の思想は父系社会を前提にするから、言語の母型的な起源についてはあまり語らない。それでも民族言語以前の言語についてちゃんと語っています。旧約書は最初に神の創造の言語というのを置いている。最初にあるのは神の創造の言語である。それは事物を創造する言語であって事物の存在と一致しているわけですから、だれにとっても同一の、単一の言語です。それが「バベルの塔」以降分裂して、民族言語になった。言語が民族に帰属するようになると、それは民族の掟としての意味を持つようになるし、人間の判断や裁きの根拠にもなる。また個体に内在化されて倫理を形作るようにもなる。言語は民族共同体を支える規範であるように見えるわけです。また個々の民族言語のなかでなりたつ価値判断はたがいに違っているわけだから、相互に分裂し対立するようになる。それがいまわれわれがもっている民族言語ですね。

ところが聖書的な意味では、民族言語は、神の創造の言語を喪失することで成り立っているわけですから、その反作用としてつねに単一の言語状態に回帰しようという運動をはらんでいる。聖書はそれについても言及していて、それが新約書「使徒行伝」第一章の、イエスが亡くなった後の最初のペンテコステ（五旬祭）の話になっているわけです。使徒たちの上に聖霊がくだると、誰もがわけのわからない言語を話し出す。それはどの民族言語でもないけれども、伝わる。まわりにいてそれを聞いている人にとっては、誰にとっても自分の民族言語として聞こえる。そういうことが起こるわけです。どの言語でもない、わけのわからない言語を話すということをグロッソラリア（異言）と言いますが、それはいわば「バベル」の反作用であるわけです。

聖書は父権的な部族世界を背景にしているから、言語の起源は神の創造言語に行きつくのですが、民族言語以前を考えるという意味で、吉本さんが『母型論』でやっている「普遍言語」論は、それと同じモチーフをもっている。ただしそれが「母型」に帰着するということが、決定的に違っているのですが。民族言語以前の言語は存在する。それを聴きとる言語能力というか、そうした能力を獲得することが、いまアクチュアルな意味をもっているということですね。

▼論理主義への吉本の強い批判――存在の蒙昧にたいして

――いま「アクチュアル」という言葉を使われたけれども、それは世界が均質化し、一義性に覆われてしまうことの不気味さ、生きにくさ、前のインタビューでお話しいただいた、そういう現代社会の問題と、瀬尾さんが、「純粋言語」や「絶対言語」と言っている言語論とがリンクしているということでしょうか。あるいは〝不気味なもの〟という後期ハイデガーが指摘した技術の問題との関連ですね。瀬尾さんのなかでは、言語論と、この辺の問題とは直結しているんだと受け取ってよいわけですか。

瀬尾　「純粋言語」とか「事物の言語」を考えることではじめて、言語の複数性ということを受け止める場所が確保されるということだと思います。そういう場所が確保されないままで、「技術」がつくりだすグローバルな単一性に同一化しようとしたら、それは無限に不気味なものとしてあらわれると思います。

吉本さんは「技術」ということにかんして、これは人類の存在の意味のようなものである、人類が動物とは区別されているということの本質なんだから、これを否定したら人類が人類の意味を否定したことになる、というような言い方をしている。吉本さんの技術にたいする考え方は、ある意味で陰りがないのですね。科学というものは科学によって克服するしかない、という言い方。そこから、たとえば太陽電池の宇宙空間設置というようなイメージも出てくるわけです。だがその部分では、科学や技術に伴う「不気味なもの」とか、それがあまりに「巨大なもの」であることにともなう恐怖感そのものについては、もう一つ、別に言っておく必要があるのではないかと思います。われわれが感じている「不気味さ」の根拠を言っておかないと、それは科学や技術に対する蒙昧な恐れになって残る。科学や技術が人類の成果でありながら、なぜこれほど「不気味」で恐ろしげな力になってしまったのか。そのことを同時に言っておく必要があると思うのです。

吉本さんが技術について話すとき、それは、科学の問題は科学によって克服されるしかない、という「認識」を言っているわけではない。そうではなく、科学は科学なんだから、科学や技術に倫理的な判断を持ち込もうとするような蒙昧を取り去れ、と言っているわけです。吉本さんが技術の問題、とくに原発の問題を一番詳しく語っているのは『情況への発言』の一九八二年九月の「反核問題をめぐって」ですが、そこで反核運動に対して吉本さんが言っていることは、科学の問題は科学で克服するのがいい、ということではなくて、端的に「反原発」運動はファシズムだ、と言っているのです。ファシズムだ、というのは、それが技術のもつ不気味さやそれに起因する大衆的な不安や恐怖に対して、蒙昧によって答える運動である、という意味です。

戦後いくつかの時期においてそうだったのですが、ある場面で吉本さんは、認識を語るというよりも、それに非常に激しい感情のドライブをかけることがあります。戦争責任論がそうであり、共産党批判がそうであり、反核運動への異議申し立てのとき、そしてオウム問題のとき、反・反原発論議のときなどです。こうしたとき吉本さんの言葉に激しい感情のドライブがかかって、世論やジャーナリズムに対してだけでなく、それまで吉本フォロワーであった人々との連続性も、いっさい断ち切ってしまうような激しさを示すわけです。それはどういうときかというと、一般的な倫理性というか、人びとがそれを了解しているような市民社会的な倫理性が、ある存在的な蒙昧をはらんで現われてくるような場合です。

たとえば戦争はこんなにひどいものだったのだから、それに同調していた文学者たちは徹底して告発されるべきだ。戦争期に非転向だった共産党の幹部は、誰が考えても正しいはずだ。原発はこんなひどいことになったのだから、廃絶されて当然だ。それらは倫理的な筋道をたどっていけば、まちがいなくそうなるというような言い方である。しかしそれにもかかわらず、じつはそれらがある存在的な蒙昧を含んでいることがありうる。どんなに倫理的な正しさであっても、存在的にこれはおかしい、というところに踏み込んでいくとき、吉本さんの言葉に、どんな良識も倫理性も敵に回してしまうような、ドライブがかかるわけですね。

オウムについてもそうで、この集団のやったことは市民社会の倫理から言っても、歴史的に形成されてきたどんな倫理に照らしても許容されない。だからこの集団やその思考のありかたは絶滅されなければならない、と人は言う。そう考えることに倫理的な間違いはない。だが宗教性というものは、本質的に、あらゆる倫理を敵に回しても、こういうふうに現われるものである。このことは人間に宗教的な次元があるかぎり、存在的に言って不可避である。それを絶滅することはできない。オウム否定論は、存在的に不可能であることを当為として要求している。そこに倫理をつくりだしていることによってファシズムになるわけです。

こういう存在的な直観について、吉本さんは技術者だから、と語られたりするわけです。だけどそれはたんに技術的なことではない。核エネルギーの廃絶なんてあり得ない、と言うときに、それは倫理的にあり得ないということでも政治的にあり得ないということでもない。人間主体の取り決めとして、ある組織が出てきて、それをコントロールするとか、そういう努力はありうるだろう。だけどももっと、存在的に、そういうことはあり得ないんだ。いったん素粒子レベルのエネルギーを解放してしまったのだから、それはもう封印することもできないし、「ない」ことにすることもできない。それは存在的にあきらかだ。そういうことについての基本的な錯誤が含まれているときには、すべての倫理的な勢力を敵に回しても、みんなが驚くような発言をしてでも戦うわけですね。

だから人々をそういう倫理性に追い込んでいる不安や恐怖の背後にある、技術的なものの「不気味さ」の由来を言わなければならないのだと思います。吉本さんは、テクノロジーは人類の成果だから、というような言い方をしているけれど、そこにはほんとはもうすこし暗いニュアンスがあるんだと思います。たとえばハイデガーであれば、テクノロジーはもともと人類なんかに属していない、という言い方になるのです。そういう言い方で「不気味さ」の根源を言っているわけです。個々の技術は人間にコントロール可能に見えるかもしれない。しかし技術というものの本質的な趨勢は、人間の主体によってはもともと支配できない、コントロールできるはずがない、という言い方になるのです。

でも吉本さんとあまり違うことを言っているわけではない。人間の主体でできている倫理とか組織とか取り決めのようなものが、存在に属している「技術」というものをコントロールしうると考えることは、そもそも存在的に錯誤である。そこで錯誤していたら、どんな倫理も無効だ、と言っていることになると思います。

▼ハイデガーと「技術」について――「人間の言語」に回収しないこと

瀬尾　ハイデガーは、技術の本質は人間の主体には帰属しない、と言います。あたかも人間が技術を「使っている」ように見えるけれども、そんなことはない。人間の主体とか自覚とか意識とかいうものは、それ自体が、技術のあるレベルを足場にして成立している。

たとえばある歴史段階では、人間の意識は生態系までしか届いていない。ある段階になれば無機物まで行きつく。さらにある段階になれば分子レベルにまで届き、さらに進めば素粒子レベルまで行きつく。世界はそのたびに明るみに出ている部分が拡大されてゆく。その拡大を可能にしているものが技術の本質です。人間の意識や自覚や倫理は、そういうふうに明るみに出された世界のなかで成り立ち、その範囲の中で動いている。

技術と人間の主体と、どちらに先住権があるのかといえば、技術が人間の主体を可能にしているのだから、技術のほうに先住権があるのです。そしてそれらすべてに先立って、存在がだんだんと明るみに出てくる、その「明るみ出てくる」ということがいちばん最初にあることになります。順序はそうなるんだ、ということですね。

技術を人間の主体がコントロールするなどということはできない。もしコントロールできるように見えるとすれば、それは人間が技術の一部になっている場合だけです。人間が技術の一部分になっていれば、一定の範囲を見る限りでは、人間がそのシステムをコントロールしているように見える。

では、現在われわれが直面しているような、原子力・核エネルギーがコントロール不能になったという事態に人間はどう対処することになるのか。まずはじめに、技術世界のこの限られた明るみのなかでは(ベンヤミン的な言い方をすれば「人間の言語」のなかでは)、人間主体が原子力をコントロールしているかのような見かけを修復する、ということが行なわれます。技術的な対処がおこなわれるのと並行して、マスコミやジャーナリズムの言語が美談や励ましや元気の修辞を流布する。

原発をいかに安全にコントロールするかが語られ、原発推進者が犯罪者にしたてられ、原発が政治犯罪として語られたりします。これらは本質的におなじことで、いずれも事態を「人間の言語」のなかに一刻も早く回収しようとしているのです。

全体としてそういうふうにしか動きようがなく、またそういうふうに動くことで、人間はより深く技術のなかに巻き込まれてゆくことになります。技術の問題については、人間主体が人間倫理にしたがってどんなに正しい選択をしていっても、それが基本的には意味を持たないような壁に行き着く。この問題に関する限り、人間主体の責任追及や告発の文体はかならず壁につきあたる。だから一方ではなんとかして「人間の言語」に回収しないということ、人間の主体や倫理の外に向かって言葉を開く、ということがどうしても必要なのです。この問題を、人間を自明の中心にした「環境」問題にしないこと。たとえば「持続可能社会」などということを考えるときに重要なのは、それがいかに長い時間人間中心性を維持し得るか、ということではなくて、人類が滅びうること、近い将来いつかは滅びるんだということをどれだけ前提として算入しているか、ということだと思います。「人類」が滅亡した後に、いかに「存在」にとってよりよい状態を残すか、というようなことですね。

ハイデガーの言い方では、自然や存在の語り出しに、人間がいかに聴き従うか、自然や存在が言っていることをちゃんと聴いて、それにコミットしなさい、というような言い方になります。それを後期ハイデガーは「放下（ゲラッセンハイト）」という言葉で言います。「なるようにしかなりません」「まかせるしかありません」ということですね。そこでは聴くということが重要な行為になります。何を存在が語り出しているのか、自然が語り出しているのかちゃんと聴いて、その語りの中心にコミットする、ということですね。技術というものがいまどこへ向かっているのかということをちゃんと聴きとって、人間にとって危険であろうがなかろうが、その可能性の中心にむかってコミットしなさい。そこにしか技術が技術を克服してゆく可能性は開けないのだから、という言い方になります。ぼくは、基本的にはそれ以外にないし、そもそも人間はそれ以外のことはやらないだろうと思います。

一時的には原発を廃絶しようという運動が起こったりしますが、その運動が「人類の安全」を中心においている限りは、それは問題の中心に近づくことにはならない。趨勢はそういうところに向かって進んでゆくはずはないのであって、「技術が技術を自己克服していく」という道をたどる以外にはないだろうと思います。

——今回のインタビューの、最大の核心部分だと感じながら伺っていました。吉本さんが時に発するある種の激しさ、まさに真実を口にすると世界が凍るような激しさ。それがどんなときにドライブがかかるのか。いかにも瀬尾さんならではの洞察だったと思います。

▼「なんじょにかなるさ」という存在言語

——そして、自然や存在が語り出していることを自覚的に聴き、コミットするためには、聴くことが大事だと言われ、ハイデガーの「放下」(あるがまま委ねる)という概念について触れられました。テレビや新聞は、それぞれのアングルにはめ込んで、それぞれの伝えたい主題や「物語」に応じて報じているわけですが、多くが定型（パターン）ですね。材料はいくらでもあるわけですから、いかようにでも量産ができる。

そんななかで、むしろ被災した地元の方々のほうが、海や地震の語ったことによく耳を傾けているのかもしれないと思えるようなことがあります。テレビのあるドキュメンタリー番組で、孤立した集落の人びとが、最初は避難所にまとまって暮らし、支援を待っているんだけれど、行政はほとんど現地に入ることができない。入ってこない。そのため、ついには自分たちで復興の作業を始めるわけです。破壊した家を片付け、道路をつくって仮設住宅の土地を均すという生活を始める。わかめつくりを再開するために海中の瓦礫を撤去し、北海道まで船を買いに行くことになるわけですが、そうやって海を再生・復興するプロジェクトに「なんじょにかなるさプロジェクト」と名付けた、というのです。

声を出して笑うところではないのでしょう。でも、私はそこで大笑いしてしまいました。そして、見事なもんですね、と思いました。まさに、海や大自然の移り変わりに全身をあるがままに委ねて生きていくしかない。しかし身を委ねることは、あきらめることでも、投げやりになることでもないわけですね。無一文になって、家族まで全部なくしてなお、「なんじょにかなるさ」と思える。この人たちはすごいもんだな、と感心してしまいました。むしろ傍の人間より、当事者のほうがよくわかっておられる。瀬尾さんの言われた「事物に向かって身を任せること」が、第三者なんかよりもはるかによく理解しているのかもしれないですね。テレビや新聞記事の多くは、読み手や聴衆の〝感動〟や〝同情〟に向けて編集されていますが、その意味でいえば、この番組は良かったのです。

ハイデガーは科学技術について言っているのですが、技術は人間には属していない、言葉も民族には属していない、というここまでの瀬尾さんのお話は、生きていることそのもの、人間が生存することそのものに触れているように感じられます。すべてを失って「なじょにかなるさ」という言葉も、吉本さんが言われた「銀河系がなくなったときが死だ」という言葉も、大いなる受動とでもいいますか、大乗的受動とでもいいますか。吉本さんの「世界視線」をお借りすれば、受動的世界視線とでも言うのでしょうか。存在の語ることに耳を傾けるというのは、そのようなことなのかなと私なりに思いながら伺っていました。

瀬尾　マスコミは特にそうですが、震災からちょうど半年目くらいから完全に整流されていますから、いま流されているのは、励ましと同情と告発で、それ以外にはない。そういう場所で何か言おうと思ったら、その文脈をどこかで入れておくしかないのです。でもそれはマスコミが意図的にやっていることではない。「人間」が主体的に振舞うかぎり自動的にそうなるのです。そのとき何が消えているのかというと、悲しんでいる人の悲しみとか、いま佐藤さんが言われた、仕様がない、何とかなるさ、でしめされるような、現場の人たちの存在感覚です。そういう人たちの存在感覚からすれば、マスコミやネットの励ましや同情や告発なんか、ばかばかしくて聞いてられない。ただがまんして聞いてくれているだけです。そういう人たちの存在感覚は言論の表層には出てこない。言論は整流されていて、そういう言い方は、あってはいけないことになっている。震災の直後の、だれもが取り乱しているときには、もっと言論は自由だったのですが。

もちろん最初から、日本の報道には決定的なバイアスがあります。たとえば死体は映像として決して流さない。それは新聞でも、テレビでも、ムックのようなものでも、個人の写真家がとった写真集のようなものでも同じです。誰かが規制しているわけではない。自然にそういうふうに整流されてゆくのです。もうひとつ日本だけの特徴があります。それは絶対にヒーローを作らないということです。そういうことは外国のメディアと比較してみればすぐわかります。ドイツのテレビなら死体はいくらでも映されます。また東京消防庁のレスキュー隊員が現地に出動するときの出陣式は大きく扱われます。そのとき彼らが覚悟のうえでの志願者であること、家族たちに別れの手紙を残してきたこと、などが伝えられます。彼らの声も流されます。私たちは一個人として決して危険なところに行きたくはない、だがこれは私たちの任務であり、私たちはこのために訓練されてきたのだから、というような声が流れます。だれだってこの任務が大きな危険をともなう生死にかかわる作業だということを知っていて、覚悟して出て行ったのです。こういう声が伝えられなかったら、彼らの意志や尊厳の、おおきな部分が無視されてしまうことになります。

だけど日本のメディアは決してそういうものを扱わない。そのかわりに、しばらく時間がたってから、彼らは放射線量を正確には伝えられずに、あるいは誤って伝えられて、現地に送り込まれたかわいそうな被害者だったことにされます。彼らの勇気と犠牲は語られず、彼らは単なる被害者にさせられてしまい、加害者だけが告発されることになります。困窮のために原発の現場をわたり歩く原発難民は大きな問題ですが、すべてがそういう問題に還元されて、勇気や犠牲や尊厳の問題は消される。絶対に死を隠蔽すること。絶対にヒーローをつくらないこと。だれかが強制しているわけではないのですが、これが日本の戦後の言論のバイアスなのです。

▼ネットの言葉は整流されていないか

瀬尾　それとよく言われることですが、じゃあネット上の匿名の発言は本音が出ていて自由なのか、といったら、それはぜんぜん違います。まず定義の問題として、匿名の発言は言論とは言いません。どんなに内容的に妥当であっても、匿名の発言はゴミだし、排泄物です。実名で言いたいことが言える、という状態以外に自由はないのです。逆に言うと、ネットが匿名発言の垂れ流しを可能にしているからこそ、ほんらいの言論空間が、こんなにたやすく整流されてしまうのです。

そこがいまの息苦しさの核心だと思います。そういうことをいちばんよくわかっている世代であるはずの東浩紀が、「それでもまあどうでもいいや、運が良ければなんとかなるさ、どうせ考えてもしかたないし」といった感覚に対して「震災後のこの国ではそのような麻痺が急速に拡がっている」という嘆息の文体で応答したりする。そういうものすごくお行儀のいい議論を展開したりするわけです。(「震災でぼくたちはばらばらになってしまった」『思想地図β』2号)。あの人がそんなことを言うようになったら、もう抜け道がないではないか、と思うのですが。

なんとかなるさ、どうしようもないから、という言い方にはとても強固な根拠がある。自然災害にはそれなりの対応があり、人災には責任追及という対応があるが、存在災害としてそれを見れば、そこには「どうにもならない」というレベルが絶対に含まれている。それを全体として受け取ったら、ただ悲しんでいるだけだとか、自暴自棄になっているだけだとか、そういう反応のしかたは擁護されなければならない。それは存在する権利がある。それはとても重要なことだと思います。

取り乱していた「主体」が、だんだん体勢を立て直して言葉を整流してゆく。時間がたつと言論は変容していく。整ってくる。それはある意味で仕方のないことですね。当事者もだんだん忘れていくし、われわれも遠くにいるわけだから、いっそう早く変質していく。そのこと自体はしようがないことだけど、自分がどう変わっていったか、ということだけは忘れないほうがいい。ある時期はこうだったけど、今はこうだ、ということは記憶しておいたほうがいいと思います。

ツイッターでリアルタイムに、日時時刻が付されていた表現が、その時刻の特定性をはずされたら、それはたんなる紋切り型になります。どんな現場の切実な叫びも、「イベント」の中へ持ってきたら、いかなる出来事性もない、歯の浮くような儀式になります。荒々しく書き留められたメモでも、被災地の写真と並べてきれいにレイアウトされたら、無力な標語になります。

詩人の和合亮一さんは震災直後から、ツイッターで、福島から発信していたわけです。ぼくも四月の時点から彼のツイッターを見ていました。そのとき、これは悪いものじゃないと思った。すべて日付が付されていて、時刻が書かれてあって、そのときどきの切実な声が、順序は逆になっていますが、並んでいる。その形は一回的な、取替えのきかない迫真性を持っていた。ところが、しばらくすると和合さんは詩のイベントのために東京に出てくる。イベントに登場して被災地の声を語り、ツイッターに書いたものを朗読する。出来事が「イベント」に置き換わる。いろいろなところで言葉を求められ、被災の状況を語りながら、いまこそ詩の力を、などと言いだす。そうなると、もう聞くに堪えない。話にも何にもならない。

和合さんはツイッターの文章を、ある時期から日付、時刻をはずした一般的な「詩」にしようとしています。するとそれは「日付のある文章」ではなく、五年後十年後にも読まれるべき「詩」を発表していることになる。だが「詩作品」に置き換わると、言葉として決定的に意味が変わる。日付の付された文章として生きていたものが、とうてい時間に耐え得ないような比喩になって、そのまま残されることになります。詩作品としてこれを見たら、これはもう、いわば上等な『死の灰詩集』である。それがはらんでいる詩の理念が同型だからです。東浩紀の『思想地図 β』の震災特集には、最初に十ページくらいグラビアがあって、「被災地写真」がレイアウトされ、和合さんの言葉がそこに「詩として」添えられている。出来事が、写真と文字で構成された紙の上の「イベント」に置き換えられる。彼は出来事のただなかでツイッターの言葉によって達成したものを、事後に最悪の形に変形していったと思います。

——私は和合さんの詩はまったく読んでいないのですが、やはりそういうことになって行くのですか。難しいですね。切迫した感情が湧きたつほどに、自分には言葉しかないと思う。そして表現する。しかし言葉が、あっという間にイデオロギーに足をすくわれていく。難しいですね。

瀬尾 いいえ、「イデオロギーに足をすくわれていく」というようなことではないのです。ここは注意深く言わないと、ぼくのほうが硬直している、窮屈になっていると思われかねないので、すこしこだわった言い方をしますが、和合さんはイデオロギー的になっているのではない、むしろすべてを詩の問題として、情熱的に考えているのです。その結果として、詩の問題に帰着させてはいけないことを、不当に詩の問題にしてしまっていることが、普遍的な意味で「詩として」駄目なのです。これは和合さんにむかって言うことではないのですが、詩人だからというので、誰が考えてもばかばかしいようなことを言わなければならなくなるとしたら、それは詩の自由ではない。そのように語らされることこそが不自由であり、硬直なのであって、ばかばかしいことは言わないでいい、というこそが詩の自由である。ひとつの奔放な精神として、自分の言いたいことを言えばいいんだ、いまは「詩のこと」なんか話している場合じゃないよ、ということをはっきり断言できることこそが、ほんとうの「詩の」自由なのです。

——いま私は、イデオロギーという言葉を不用意に使ったようです。自由である詩でさえも、言いたくなくても言わなくてはならないような事態がときに出現し、巻き込まれざるをえない事態に遭遇してしまう。膨大な言葉の濁流に、どうやっても飲み込まれるような、抗いがたい力が現われてくることがある。そのことを言いたかったので、瀬尾さんのおっしゃりたいことは、私なりにはつかんでいるつもりなのですが。

▼初期のマルクスと荒々しい自然

——話題を変えて、吉本さんのことに戻します。今回のインタビューにあたって、吉本さんの初期の仕事も少し読み返したのですが、改めて驚きました。とくに「初期ノート」にまとめられた「宮沢賢治」のレベルの高さ、完成度の高さですね。二〇歳前後のものですよね。「マチウ書試論」のお話は最初のほうでしていただきましたが、六〇年代にあら方、のちに吉本思想と呼ばれることになる思想の原型が、すでに萌芽的に出そろっているという印象を強くもちました。

瀬尾さんには、吉本さんの初期、六〇年代の仕事をテーマにした批評論文がありますね（「存在交換と絶対言語――一九六〇年代までの吉本隆明」、現代思想二〇〇八年八月臨時増刊『吉本隆明』所収)。迂闊なことに今回初めて拝見したのですが、ポストモダン思想が、なぜ「外部」や「他者」に特権性を与えているかといえば、現象学が、他者や外部といった超越性に不完全にしか到達できない限界をもつからだと指摘され(かなり舌足らずなまとめですが)、そこからマルクスと吉本隆明を再検討されている。私はいったい、吉本さんのマルクス論のどこを読んでいたんだろう、と思いながら拝見したのですが、このマルクスの読解の問題を含め、吉本さんの初期についてもう少しお話しくだされればと思うのですが。

瀬尾　あの文章の中で考えようとしたことの中心は、吉本さんのなかに原質としてある、途方もない奔放さ、制御できない荒々しさのようなものについてです。戦争責任論などにおける吉本さんは、それまでの時代を支配してきた旧倫理に対して、あらたな規範的倫理を提起したというようなことではないのですね。そうではなくて、荒々しさ、奔放さそのものであるような倫理をたずさえて、戦争と敗戦によって捩れ屈折した日本の戦後の倫理的な密林のなかを切り開いてきたわけです。それはもともと市民的な規範や人間主義的な良心にとうていおさまるものではない。何かある価値や共同性や超越性に対して拝跪するという形で考えられるような倫理ではないのです。そうではなくて、存在することとそのものがはじめからはらんでいるものとしての倫理ですね。存在することとそのものが倫理をはらんでいる、というテーゼは、9・11を論じるころから「存在倫理」という言葉になって登場しますが、すでに戦後とても早い時期から、繰り返し語られています。

そういう次元で倫理を考えるためには、まず「自然」という概念を二重にしなければならない。アマテラス的自然とスサノオ的自然と言ってもいいですが、一方には人間を取り囲むような、人間主体に対して「対象」や「環境」として現われてくる、お行儀のいい自然があります。それに対してもう一つは、全体としての自然、荒れ狂う自然というか、人間存在そのものをはじめから巻き込んで奔流のようになっている自然があります。マルクスは最初の学位論文で、デモクリトス的自然とエピクロス的自然とを区別した。エイドーラというのは自然物の剥離像のことですが、デモクリトスはそれを単なる写像と考えたのに対して、エピクロスは、自然物から剥離像が人間のなかに入ると人間からも存在が剥離して自然のなかに入ると考えたわけです。これがマルクスの疎外概念の原型になった。マルクスの自然哲学はそのまま存在論といっていいものですが、そこでは自然はデモクリトス的な、向こう側に立っているおとなしい自然ではない。最初から人間を巻き込み、無限に贈与したり剥奪したりしている、荒れ狂う自然として考えられていたわけです。それを吉本さんは「人間は全自然を自分の〈非有機的身体〉とする。そのことは同時に全人間を自然の〈有機的自然〉とするという反作用なしにはありえない」という言い方で取り出してみせたわけです。つまり存在としての人間は、全自然のなかで起こっている「存在交換」という出来事のことである。

だから「存在」というのは、ヘーゲルが考えたような無規定な直接性ではない。存在は、規範など作り出す前に、すでにはじめから倫理的であって、交換や規定や分節を直接に刻印されている。この存在の分節が、やがて「言語」の基盤になる。それはすでに言語以前の言語、絶対言語である。言い換えると、人間は言葉などひとことも発していなくても、沈黙しているだけですでに「意味」を持っている。存在しているだけですでに倫理を発生させている。これを吉本さんは「沈黙の有意味性」と呼んだのです。戦前戦後の知識人たちの転向を扱う場合も、文学者たちの反核運動を扱う場合も、のちにオウムをめぐって市民社会の規範を敵に回す場合も、それから現在「反原発」を批判するときにも、吉本さんの言葉の出所になっているのはいつも同じです。存在交換と絶対言語が生起している場所から、後発的であるのに根源的であるかのようにふるまっている、あらゆる倫理主義を批判する、という姿勢を貫いているわけです。

▼超越性と自立の問題

そこでぼくは、宗教性ということと超越性ということをはっきり区別しなければならない、と考えることにしたわけです。

――その点も、今日のインタビューの重要なテーマです。

瀬尾　戦中期まで国家宗教にすべてを奪われてきて、現在にいたるまで、日々大小のさまざまな宗教性に引きずり回されて生きているわけですから、われわれが宗教性を克服したいと考えるのは当然のことです。ところが日本戦後思想のマジョリティは宗教性と超越性とをひとつながりのものとして考えてきたから、宗教性を廃棄するために、自らの思考の中から超越的な契機を必死になって磨り潰そうとしてきたわけです。自分自身の思考や感性のなかから超越的なものの契機を細部にいたるまで押しつぶして、人々の共同的な感性、「みんな同じ」的なものに思想的な優位を与えてきた。これは決してたんに俗情的な、安易な流れだったのではなくて、戦後における思想的な使命であるかのように考えられてきた。それがいま若い世代には自明の「自然」であるように受け取られているわけです。自分たちのなかからヒーローが現われそうになったら、ただちにこれを引きずりおろしてカリカチュアにし、タレントたちのひとり、われわれのなかの「みんな同じ」的な存在にする。

もともとこれは戦時の国家宗教とその挫折に対する、われわれの戦後の、ストイックな反動形成の結果である。政治運動もそれと同じで、なにか事が起こったら、みんなが集まって合意しあい、悪者をつくって告発の文体を共有し、求められればみな同じメッセージを語り、署名し、デモをし、シュプレヒコールをし、こういうことをもって、現実へのコミットであり、政治的なアクティブであると考えてきた。そういうふうにして戦時期の国家宗教のもとでの運動感覚を保存し、宗教的儀式の様式を反復しているわけです。

吉本さんが一貫して言ってきたのは、まさに戦時期の国家宗教の末裔にほかならないようなそういう運動感覚こそ、われわれがいま克服すべき「宗教」にほかならない、ということです。そういうものに対して闘おうとしたら、人間が一人で考えて、一人で署名して世に公開するという形の言論をもってするしかない。一人の人間が思考し、一人で署名して公開する言論が内包している超越性のレベルが、共同的な感性の上になりたつ宗教性の超越性のレベルを単独で超える、ということが実現すれば、戦争期の国家宗教から現在の反権力アクティブにいたるまでの、すべての宗教性は克服されるはずだ、と言っているわけです。

――「超越性アレンジメント」でずっと書かれてきたのも、そういう問題ですね。

瀬尾　内容はさておき、ああいうものを書くことになった契機のようなものについて一言だけ話しておくと、一人の人間がある年齢を越えると、もう次から次へと解決不能な問題が押し寄せてくる、というふうになると思うのです。最初のうちはひとつずつこれを解決して、またある安定した状態が回復できると思う。でもしばらくするとそういうことは不可能だとわかる。ささやかなことは解決しても、押し寄せてくるもののほうが圧倒的に多いからです。これは年齢とともに処理能力その
ものが衰えてくるからかもしれないし、あるいは現実に処理すべき与件が加速度的に増大するから
かもしれません。そういうプロセスに入ったときに、われわれはこれを「老い」と言うわけです。

いまわれわれの周りで語られている老いは、すべて社会から見られた老いだけです。社会から見
られた老いを、社会の物語のなかに回収しているわけです。私自身の老いも、私が対面している人
の老いも、そのなかには入ってない。考えられる構造になっていない。だが「老い」ということの
始まりを内在的に言おうと思ったら、それはいま言ったように、解決不能な問題が、処理能力を超
えて、次から次へと押し寄せてくる、というプロセスに入ることだと思います。若いときには身体
的にも心理的にも応対できた。また観念的にも、問題のすべてをイデオロギーや自分なりの思想体
系のなかへ組み込むことは容易だった。だがある時期を越えると、次々に押し寄せてくるものは、こ
ちらの存在のキャパシティを超えるようになる。どうしたらいいのか。なかば自発的に自分の体を
こわして、病気の過程にはいり、徐々に死に向かってゆく、という道筋があります。それともうひ
とつは、なかば自発的に自らの心をこわして、異常やボケのなかに入ってゆくということです。だ
いたいひとはこのどちらかの道筋を選択するので、これらが「老い」ということの具体的な徴候で
あることになるわけです。

若い時期の定常的な状態からくらべると、これらはある欠損した状態に入ってゆくように見える。

けれどもこのおなじ契機は、まったく逆に、リアリティの拡大のほうへ展開してゆくこともできます。いずれにしても「正常」な状態ではなくなるのですが、そのプロセスを自覚的に、コントロールしながら、正確に言葉にしながら、リアリティの拡大のほうに向かわせれば、その言葉が人類の、というか、存在の、普遍的な問題をすくい取るような構造になりうる。もともと押し寄せてくる問題は、それを解決して、また安定した、定常的な状態に戻れるというような問題ではない。だからこれらの問題はもう解決しない。そもそも解決できるようなことではない。そのままでやってゆくしかない。だがそこで起こることを言葉にしてゆけば、表現は別の次元に出てゆくことができるはずだ。「欠損」がはじまった、というかわりに「超越」がはじまった、という言いかえが可能になるような次元があらわれてくるのではないかと思います。

来世があるという考え方に根拠はないですが、その無根拠さと、死後、世の中が続いていくとか、子どもや孫の未来がどうとか、を考えることの無根拠さは等価である。それはどちらも超越性を彼方の共同性のほうに委ねることである。超越性は、原理的に個的幻想に集約させせなければならない。「自立」ということがありうるとすれば、そういうことだと思います。

「銀河系の終わりが死だ」という吉本さんの言い方もそこから出てくると思います。それは自分の死を共同体に帰属させせない、国家にも帰属させせない、それをもっとすすめて人類にも帰属させせない、地球にも帰属させせない、かろうじて宇宙に、「銀河系」にならば帰属させてよい、ということですね。

いま周りで語られている死は、最大限で「人類」に帰属させられているわけです。「人類」がいちばん上の審級になっている。温暖化の問題でも反原発でも、考えられている最高の正義は人類的な正義です。動物はどうなるのか、植物はどうか、鉱物や分子や素粒子はどういう権利を持つのか、そういうことは副次的にしか考えない約束になっている。自分の子どものことは考える、子どもたち孫たちの世代のことは考える。だが犬や猫や牛や狐や木や石や分子や素粒子のことは考えない。だから環境派の人たちの主張はいつもどこかで、後ろめたい表情をしているわけです。

これはことさらに誇大なことを言ってるわけではなく、「純粋言語」というのは、もともと犬や猫や牛や狐や木や石や分子や素粒子とかが語りだす言語のことだし、宮沢賢治の作品のなかでも、まさにそういう存在たちの言語が語り出している。われわれは死んだら、存在に帰るし、宇宙に帰るし、銀河系に帰るのですから、いまわれわれが、一人の死んでゆく個体として考えるべきことは、人類が滅亡するしないにかかわらず、存在にとって残される状態はどのようなものであるべきか、というようなことであるはずです。古来、偉大な宗教も文学も、つきつめればいつもそういうことを考えてきた。「人類」で頭打ちになっている思想は、せいぜいこの二百年くらいのものではないでしょうか。

(本インタビューは二〇一一年十一月二十日に行なわれたものです。瀬尾氏、佐藤ともに大幅加筆を経て本稿としました)

第2章 『母型論』の吉本隆明と『戦争詩論』以後

▼「嫌な時代」ということについて

――前回（3章）、瀬尾さんにインタビューさせていただいたのは二〇〇三年の五月ですから、もう四年も前のことになります。いくつか印象深いお話があったなか、同時に、私のなかに宿題も残りました。一つは言語論の問題で、瀬尾さんはあのとき、「存在言語」という言葉を使われました。そのことをもう少しお聞きしたいと考えながらも、言語論というのは大変に厄介な領域で、近寄りがたいままに四年が過ぎたというのが正直なところです。

それで、自分の不勉強を棚に上げた問いになって恐縮なのですが、瀬尾さんが言語論をどう進めてこられたのかお聞きしてみたいというのが、このインタビュー全体の大きなモチーフといいますか、枠組みになるかと思います。瀬尾さんの最大の関心はやはり言語なのですね。そして瀬尾さん独特の吉本さんへの迫り方も、その核心部分にあるのは言語の問題だと思います。いつか言語というテーマを正面にすえたインタビューをお願いしたいと夢想していますが、ともあれ今日のインタビューでも、言語への関心が通奏低音として流れていることは最初にお伝えしておきたいと思います。

もう少し具体的に今日の柱を言うと、一つ目のテーマは時代感覚といいますか、状況的な感覚についてです。前回、ぼくが、社会のなかにあって文学はすっかりお呼びではなくなってしまった、技術とマニュアルの時代になった、と発言したことに対し、瀬尾さんは「直接話法」という言葉を返されました。文学がお呼びでなくなったからこそ、作品の言葉が言論の空間に出されたとき、「発言」

としてきちんと意味を持ちうるものであることが必要なのであり、直接話法とはそういう意味だとおっしゃっていたと思います。こんどの『戦争詩論』は、まさに直接話法の実践だと思うのですが、話の導入として、今の時代について、少しお話していただきたいと思います。

二つ目は、吉本さんの九〇年代以降の仕事に対する評価です。とくに『母型論』（思潮社）をどう読むかということですね。私の目に入る範囲に限っても、まだしっかりと読み込んだ論評は出ていませんし、むしろ評価しあぐねているという印象があります。『母型論』は、吉本さんのなかでも一、二を争う重要な仕事だと思いますが、瀬尾さんがどう読まれたか。吉本さんの九〇年代以降の仕事に対するフォーマットを作る意味でも、ぜひともお聞きしたいと思います。三つ目が、瀬尾さんが上梓された『戦争詩論』（平凡社）についてです。私の感想はのちほど述べさせていただきますが、『戦争詩論』についても、いくつかのことをお聞きしたいと思います。

この三点が、今回のインタビューの大きな柱です。そして私のインタビュアーとしての直感では、この三つのテーマはどこかでつながっているはずなのです（笑）。

では最初の質問ですが、今回、準備のために、瀬尾さんが書かれたものや座談会での発言などに少し目を通してきたのですが、「いまが一番嫌な時代だ」という瀬尾さんの発言が目を引きました（「詩・世界・倫理」藤井貞和＋横木徳久。『現代詩手帖』〇四年七月号）。藤井貞和さんに問いかけるかたちでの発言なのですが、実は私もまったく同感で、瀬尾さんも同じ感覚なのかと感じました。その部分を引かせていただきます。

藤井さんはいま生きていることが嫌な感じではないですか。これは詩を書いていくうえで必ず触れてくる問題だと思うんだけど、たとえば藤井さんでいえば「初期設定」である敗戦前後の時期があり、六〇年代があって、八〇年代があって、そしていまに至るわけですが、いま嫌じゃないですか。何か具体的な事柄がそうだというよりも、世の中の全体的な風潮から、日常的な人間関係に至るまで、ぼくは自分が生きてきた時間のなかでいまがいちばん嫌だな。いろんな意味づけが可能ですけど、八〇年代末からあと、すべてが「収縮」していると思う。経済が収縮しているというのが大きいんだけど、人間の倫理的なことや、感情的なこと、人間の関係能力みたいなもの、すべてがどんどん収縮している。しばらくまえにたまたま神山睦美さんと話していて、「コストカッター」という言葉をはじめて聞いたんですけどね。職場にコストカッターが現われる。あらゆる場面をとらえてコストをカットしていく仕事ですね。最終的には人間を切っていく。そういう専門家がいて、いろいろな職場に配置される。ことによるとそれが今の社会の趨勢を決めているのかもしれない。これはすごい言葉だなと思った。そういう存在が外から派遣されてくるということもあるだろうけど、自分のなかにも、あらゆる人間関係のなかにも入り込んでいる気がするんですよ。これはいらないからカットしますよ、無駄な存在・わけのわからない存在はカットしますよ、と言う声が自分のなかにも、あらゆる関係の中にも入り込んでいる。さらに即物的にいえば、たとえば行政改革がありますね。中央の権力を可能なかぎり地方に分散させる。さらに可能ならば民間に委託する。そうすると一見したところ権力は分散し、小さくなってゆくように見えるわけです。権力としては弱くなってゆくような気がする。だけど個々の場面をとってみたら事態はまったく逆で、小さい権力のなかで機能的に効率的にことを運ぼうとするわけだから、ものすごくきつい権力ができるわけです。コストカッターみたいな人が、直通で一人ひとりの人間にむかって権力をふるうという形。だから日常的に感じる人間同士の関係は、体感的にものすごく嫌な関係になってくる。これが詩の問題に関係しないはずはないとぼくは思う。ものを感じるときの感性のベースになる関係が、かつてなく収縮したものになっている。どんな場所でも、みんなそう感じていると思います。

こういうときにどういう対処がありうるのか。藤井さんの詩のなかでももっともリアルな部分は、そのつどの状況の中で、そのなかに入り込んで、細部で日本語とちゃんと取引し、駆け引きしているところだと思います。それは言葉の世界でのことですが、ぼくは、現実的な関係の中でも、いまはそういうやり方以外にないと思う。反権力とか、原則主義は駄目。そういうもので詩の言葉を切っていったらもう可能性はない。ぼく自身はとても苦手なんですが、個々の場面で現実的に駆け引きして、取引して、なんとか全体の関係を変化させる道筋をつけていくというやりかたが、困難だけれども、唯一可能性のあるものだと思います。

私も、これまで生きてきた中で、今がいちばん嫌な時代だと感じます。サラリーマン的定職を放棄し（脱落し？）、文筆などというプータローまがいの生活を維持していることで、辛うじて人間が壊れずに済んでいるという感じがしています。

ともあれこの瀬尾さんの発言は、『戦争詩論』にもつながっていく問題にも触れておられると思うのですが、メディアの言説も社会全体も、さまざまな策を弄しながら、均質性、一義性を強いてくるという問題ですね。これは文学が最も抗わなければならないものの一つで、私には身体的・生理的な拒否感が強くあるのです。しかも、瀬尾さんも述べておられるように、一義性は誰が見ても「正しい」ものであるという構造になっていて、なかなか抗い難いところがあるわけです。抗うことが、まかり間違えば守旧派だったり、反動だったりしかねない。だから、嫌な時代だ、と言って横を向いているしかない、そんな感じなのですが、この「一番嫌な時代」だということについて、インタビューの導入としてお話しくだされればと思います。

▼「嫌な時代」の構造

瀬尾　今がいちばん嫌な時代だ、というぼくと佐藤さんの感じ方には、まんざら根拠がないわけではなくて、ある程度、客観的相関物があるわけですね。いちばん象徴的なのは自殺者の数だと思うんです。たとえばイラクでは毎日のように自爆テロがあって、二十人死んだ、三十人死んだというニュースが伝えられます。年間で一万人以上の死者があるかもしれません。それは顕在化された死者です。ところで日本では、いま年間の自殺者数が三万数千人です。一日百人ほどの人が自殺していることになります。電車もしょっちゅう止まりますね。人身事故だと言われるんですが、ほとんどは投身自殺だと思います。でもそれはわれわれにはそう知らされない。隠された死者です。殺される人に自殺者を含めるとしたら、その数はイラクより少ないとはいえない。われわれが嫌な感じだなと思っていることには、こうした客観的相関物があると考えてよいのではないでしょうか。

藤井さんと鼎談したときには、たまたまぼくが大学のほうで問題を抱えていたときだったのです。東京都が大学改革にとりかかって二、三年すぎたあとで、あるときから突然、トップダウンですべてが決められてゆくという過程が始まりました。直属の上部の部局からさまざまな形で圧迫を受けるということがあって、その結果、リストラされるまでもなく、たとえばぼくが所属する人文系の学部では、三分の一くらいの教員が転出したり、辞職したりしていきました。それは大学の専任教員の話ですから、世間一般から見ればもともとかなり特権的な空間なわけで、社会が収縮してゆくとき、特権的な部分から順に均らされていくというのは全体的な趨勢であって、一般市民からすれば、これは仕方がないという感じがするだろうと思う。教員の側からよりアクチュアルな対案が作られたわけでもないし、僕自身もそれはなかば仕方がないことだと感じていました。理不尽なことが職場では起こっているんだけど、一方では、内心これはどうしようもないだろうと思っている。そういう状態が続いていたのです。

だけど理不尽だと感じながら合意するしかないという状態そのものが問題だと思うのです。自分としては非常に不快であり、抑圧を感じる。しかしそれに対して何かものが言えるかといえば、言えない。同意してしまうしかない。社会が収縮していくとき、リバタリアニズムとかネオリベラリズムというイデオロギーが収縮を合理化するわけですが、そうしたイデオロギーに対しては理念的に反論することはできるでしょう。ところが全体的に社会が収縮していくことが必然である以上は、それに伴って起こる具体的な強制に対しては、合意しないわけにいかない。

社会の至るところで特権的な部分が暴かれ、均質化していくということが起こっているわけですね。官僚から始まり、公務員、大学教師、医者、警察、圧力団体、そういう既成の特権が次々に暴かれる。しかもそれがたとえば嫌煙権とか、アルコールは害であるとか、酔っ払い運転はいけないとか、不当な利権はいけないとか、そういう誰が見ても同意せざるを得ないこととコミになってやってくる。公務員の酔っ払い運転とか、県知事の汚職とか、医療過誤とか、警官不祥事というようなことが、何件、何十件とセットになって報道されますね。メディアを含めた組織的誘導があると感じるのだけれども、個々の事件は、異議申し立てのしようがないものになっているわけです。見逃されてきた悪に対して、厳密な、適正な法の適用がなされるわけですから。そういう政治的な誘導に対して、非常に窮屈な思いをしながらも、全体としては何も言えない。「正しい」わけですから。

そういうことの全体が「嫌な感じ」の構造を作っているんだと思うのです。特権的な部分が否定されて均質化され、そのあとで「自己責任」を建前とした競争が始まる。社会収縮期のイデオロギーからいえば、自分の不幸や不遇は自己責任ですから、それを社会的抵抗とか反権力運動に転化することはできない。結局は、それを嫌だと思っている自分自身を否定せざるを得ないというところまでゆく。ならば、自殺するしかないんじゃないでしょうか。自殺は、現在の社会の局面では、とても象徴的な社会的反応という意味を持っているんじゃないかという気がします。

▼内的因果関係と一義的言語——『自閉症裁判』を読んで

瀬尾　こうしたことと、佐藤さんの『自閉症裁判』を読んだ感想は関係してきます。あの本にはとても感心もし、刺激も受けました。中心になっているのは自閉症者の犯罪ですが、それに絡み合ってくるいろいろな問題がありますね。妹さんのこと、被害者の方のこと、障害者の支援団体のこと、教師のこと、そういうこと全体が悲劇として複合している。どこかに原因とか悪がある、という話にはなっていませんね。読者からいうと物足りないかもしれないけれども、ぼくはそこがあの本のポイントだと思ったのです。どこかに原因があるんだ、これが悪なんだ、というところへもっていくことができれば簡単なんだけれども、そうではなく、全体として複合した悲劇なんだというふうに書き切っているところが、大変迫力があった。それを構成する筆力と、それ以前の佐藤さんの行動力に感心しました。

中心的な問題は、自閉症者の犯罪をどう裁けるのか、ということですね。そのことは、これまで話してきたことと核心でつながる問題だと思うのです。法的な一義的な言語が、自閉症者の犯罪を問い詰めていくんだけれど、どこまで行っても問い詰め切れない。一つには法的な言語の中に、自閉症という障害がもっている意味が組み込まれていない、認知されていないということがありますね。佐藤さんの考えはたぶん、自閉症者に対する社会的・法的な了解といいますか、認知といいますか、自閉症者の存在に社会的場所を与えないといけない、ということのような気がするのです。社会の側からの自閉症理解と、自閉症者自身の自己了解がちょうど折り合う地点で、社会的認知がおこなわれる。それが到達すべき地点だ、という主張になっているように思う。それはその通りだとぼくも思うのです。

でもそれ以前にあの本の中で面白かったのは、法廷でのやり取りです。裁判官が、こうですか、あですか、と聞くと、そうだともいえるし、そうじゃないかもしれない、そう言われればまあそうです、というようなY君の供述がずっと続く。このやり取りがものすごく面白いのです。一義的な言語と、一義的になれない言語が延々と対峙している部分ですね。

この部分に対する佐藤さんの考え方は、自閉症者の中にそれなりの物語がちゃんとある、最終的には、それなりの意味や物語がちゃんとあるんだけれども、自閉症者の存在に対する理解がないために、法の言語はそれを取り出すことはできない、というふうになっていると思う。そのために、たとえば何とかいう警部補が調書を取るときのように、一般的な動機、たとえば性的な衝動とかカッとなったとか、というような既知の単純な物語の中に強引に引きずり込まれていってしまう。そう佐藤さんは理解しているように思う。

だけど前半の法廷でのやり取りを読んだぼくの印象では、Y君が人を殺したときに、もともとそこに内的な因果というものは、なかったのではないかという感じがしたのです。調書を取られた段階で、警部補にそう言えと言われたから、それに誘導されてああしたやり取りになっている、と受け取ることもできるけれども、これは本質的にはやはり非合理な殺人だったんじゃないかと思う。一義的な因果というのは、元々欠けていたような気がするのです。

その場合に、その動機の欠損自体が病気なんだと考え、それこそが病的な部分なのだから、その病理的な部分にそれなりの了解を与えなければならない、という考え方もありうるんだけれども、そうするとどうなるんだろう。あの殺人自体に動機としての因果が欠けている、そのこと自体が病気なのだと考えた場合、法的にはどう受け止めることになるんですか。

――結論を先に言えば、法的には責任能力の問題として、心神耗弱がどこまで認められるかという問題として争われることになるかと思うのですが、ただこれは、従来の責任能力には納まらないものがあり、そこが、現在書いている本のテーマになっています。

瀬尾さんはあの本をとても正確に受け止めてくださったと思うのですが、司法精神医学も、当然司法も、初めてぶつかっている問題であり、今の段階では、ある種の背理になっているのですね。つまり、従来型の責任能力の概念を用いるかぎりでは、自閉症圏の障害という診断がついた時点で、おそらく過半のケースが心神喪失、心神耗弱には相当しないと判断されると思います。仮に心神耗弱が認められたとしても、決定的なものとはならない程度の扱いだろうと思います。幻覚や幻聴があったりするわけではありませんし、急性錯乱の状態になったりするわけでもなく、過半は、意識状態は障害されていないと鑑定されるだろうと思うのです。では完全責任能力を認めたとして、健常者とまったく同じように殺意、動機、責任能力といったものを認定できるのかどうか、という問題が次にやってきます。瀬尾さんも言われたように、障害の影響は、背景動因として無視できないわけであり、もしそのことを司法が認めるのであれば、どういう形で考慮されるのか。少しずつ問われ始めてきてはいますが、そこにはまだ司法、医学、いずれにも共通了解がないし、裁判所も苦慮しているところなのです。

瀬尾　もし病気であると判断されると、責任能力はどう考えられるのですか。

――心神耗弱をどの程度認め、量刑に反映させるか、という争いになると思います。ただ、いま言ったように、これまでの責任能力論は、統合失調症を中心とした意識障害と病理の関係で、基本的なモデルが作られてきたわけですから、それとは別個の論理を必要とすると思います。しかし、司法にあって、アスペルガー障害や広汎性発達障害など、自閉症圏のハンディキャップについての理解がまだ十分でなく、このことは共通了解されるに至っていません。

瀬尾　自閉症の人たちは、それなりに目的的な行動はできているわけですからね。そうすると具体的には量刑の問題になりますね。減刑するかどうかという争いになるわけですね。一義性の欠如を病気であると考えた場合、法的言語は、情状酌量によって刑を減らすということになるわけですね。

——はい。裁判所が酌量の余地をどの程度認めるかという判断になっていくと思います。

▼むしろ法的な言語の領域外にある、と放置すべきでないか

瀬尾　因果とか行動の一義性、一貫性の欠損といったことで今回のようなケースを判断していくと、行き着くところは量刑の酌量ということになってしまうんだと思います。だけどもっと本質的なところで言うと、ある行為をしていながら、そのことの因果を自分で言うことができないとか、内的な因果それ自体が欠損しているとかいうことには、じつは障害者であるという条件は関与してなくて、われわれはみんな、多かれ少なかれそうなんだと思うのです。つまり、ああいう問い詰め方をされたら、自分がやっている行為に対して、一義的に因果関係を説明することなんか、ほんとは誰にもできないと思うわけです。

——まったくおっしゃる通りだと思います。

瀬尾　だけどもそういうときわれわれは、そこそこ説明します。ある種の物語を作るといいますか、他人の了解を得られる程度の物語を作るわけです。そうすることで、自分の行為を社会的なものとして認知させることができる。ところがY君にはそれができない。自分の行為に因果関係が欠けていることについて、物語化して一貫性をもたせることがどうしてもできないために、行為というものがもともと持っている不定性が、そのまま露出してくるということが起こるわけです。強い社会的人格の持ち主は強烈な一義性の物語を作ることができるのですが、行為がほんとに一貫性を持っていたかというと、それはかなり疑わしい。そこにあるのは、あとから作られる物語の強度ということですね。内的な因果というものが、行為のなかであらかじめ成り立っているわけではない。

だから行為を支える内面性の領域に対して、一義性・一貫性を問い詰め、答えさせるということ自体が理不尽なことなのではないかと思うのです。むしろある領域に関しては、これはもう一義性を問うこと自体に意味はないんだ、と放置することが、法的言語に対しては求められるのではないかと思うわけです。障害者であるとないとにかかわらず、プライベートな領域、内面性に属する領域については、内面的因果を法的な言語の外に置くということが、きっちりなされるべきではないか。

行為がもってしまう社会的な意味は裁かれざるをえない。そういうときに社会のルールで、法的な言語で裁かれるのはいたし方ない。それが内面に対してどれだけの洞察をもっているかは別として——当然、洞察はもっていたほうがいいけれども——それを裁く者が社会的な言語によってそれを裁くことは仕方がない。ただ、一義性をどうしても持てない領域というのはあるのだから、それに対しては法の言語は手を触れない、というふうにするのがいいのではないかと思ったのです。

行為には、言語化され社会化される意味と社会化されない意味がある。言葉になると意識的なヒストリーに登録されますが、行為のうち言葉にならない意味の部分は潜在するから、反復性を持ちます。社会的な意味へ回収されない内的な衝動は反復性を持ち、繰り返されます。だけどその場合でも、反復される行為が持ってしまう社会的な意味やその結果に対しては、社会的・法的な判断を受け入れざるを得ないけれども、それが行為として露出しないかぎりは、それは内面性の過程として社会的な判断からは留保されるべきだ。一義的な言語が受け付けられない領域があることを、社会が了解する、というのがいいのではないかと思いました。

▼「嫌な時代」とY君の状況は近似している

瀬尾　Y君が放浪生活をしているときに、書いていたものがありますね。詩のようなものを書いていたという話ですが、それは公開されているのですか。

——資料としては入手しているのですが、公開は控えました。

瀬尾　そうですか。つまり犯罪として噴出する以前の彼の内面性は、法的な言語とか社会的な言語とはまったく別の領域をなしているわけですが、それを分析するとすれば、詩的言語として考えるのがいいと思ったのです。彼が詩のようなものを書いていたということに興味をひかれます。それからレッサーパンダの帽子に対する異様なこだわりですね。そういうことには、何か社会化されない意味があるわけですね。それはそれとして、別の機軸で考えるべき、非常に興味深い問題だと思いました。

Y君が書いた詩のようなものというのは、どんなものなのですか。

——ほとんどがラブソングです。ぼくは今のはやり歌には疎いので、元歌を捜し当てることはできないのですが、コピーに近いとある証人が証言していました。

瀬尾　そうですか。それでも興味をひかれるな。いま大学で学生たちが持ってきたテキストについて話し合う授業をしているのですが、そこで扱うのはマンガとかミステリーとかロックの歌詞とかです。そのなかで散文化されない、一義性を欠いた言葉を、いちばん象徴しているのがロックの歌詞だと思います。そういうものの中に内面の不定形な部分が凝縮されているのですね。だから、ロックバンドの歌詞のコピーであっても、その意味は読もうとすれば読み取れるのではないかと思いますね。

——彼の書いた日記は本の中で公開していますね。あれを読んで、瀬尾さんはどんな印象をもたれましたか。

瀬尾　あの文章には、外からの強制とか、本旨を曲げているという部分があるとは思えなかったのです。あの通り思っているのだなと思いました。ただ、あの通り思っているということが、彼の中でどういう部分を占めるのか。あのように思っていない部分も同時にあるわけでしょう、たぶん。たとえば、職場にとどまらなければならないと思っているにもかかわらず、もうどっかへ行ってしまいたいと思ったら行ってしまう、というようなことはあるわけですから、ああいうふうに書かれていることが、他の部分との必然的な因果を欠いているのかもしれない。でもあそこに書かれていることは、あれはあれ自体として、それなりに素直に、そうなんだろうなと思って受け取ったのです。

最初の「嫌な時代だ」ということとつながるのだけれども、一義性の言語が、逆らいようのない形で、われわれ自身を覆ってゆく。それに対して嫌な感じをもっているにもかかわらず、それをうまく言葉にして言えないという感じが、Y君が置かれている状況となんとなく似ている。一時期ポストモダン思想が、社会のシステム全体を敵に回して、それに対する外部の視点を取るとか、他者として振舞うとか、そういうことで反権力性を理念的に維持しようとしたことがあったわけですが、でも現在では、外部とか他者とかいう位置を支える感性的な根拠自体を、ネオリベラリズムのイデオロギーがすでに突き崩しているとも言える。というか、それ以上にネット社会とか非正規雇用という現実そのものが「面従腹背」という態度を強制しているわけです。システムから外れた人間も、実感としての嫌な感じと、にもかかわらず理念的にはそれに合意せざるを得ない、ということとを両方を抱えこむしかない。そうすると自殺するしかない、ということになっているんじゃないでしょうか。そういうところに「嫌な感じ」の状況的な根拠があるんじゃないかと思います。

――おそらく鬱になるというのも、こうした時代を生きのびるために一つの方策なのでしょうね。

瀬尾　まったくそうなんだと思いますね。ぼくも何年か前しばらく抑鬱状態が続いたので、医者に行ったのですが、そうするとデパスをくれたのですね。デパスというのは弱い抗鬱作用のある精神安定剤なんですが、ぼくの場合、もともとたいしたことなかったということもあるけれども、これが効くんですね。人間ってこんなに単純なものかと思うくらい。自分は鬱だ、という自己規定はそれだけでかなり防御になるし、それに薬で対処する、というのは即物的で、さしあたりそんなに悪くないいんじゃないかと思う。でもその先の問題があるんでしょうけれども。

――私の場合は鬱になる代わりに、アルコール依存で済んでいますが、でもおっしゃるとおりだと思いますね。

▼八〇年代半ば以降の吉本隆明

——この辺で吉本さんの『母型論』に話題を移しましょうか。これまでの話の流れにあえて引き付けた言い方をしますと、吉本さんがここで描こうとしている内的な世界は、自閉症青年のそれとは対照的、対極的なものではないかと思います。というのは、自閉症と言われている人たちを発達という観点から見たとき、「大洋論」以降の展開がない。どうもそんなふうに言えそうなのですね。

それはともあれ、「母型論」の連載は一九九一年から始まり、九五年に連載が終わった時点で一度単行本として刊行されますが、初読のとき、まったく歯が立ちませんでした。吉本さんが何をしようとしているのか、何を言わんとしているのか、まるでわからなかったというのが正直なところです。

今回は「後期吉本隆明」がテーマですので私の個人的な印象を少し述べさせてもらいますが、八二年の「マス・イメージ論」の連載と『空虚としての主題』あたりから、吉本さんの仕事にある変化を感じるようになりました。消費資本主義社会が新しい局面に入ったこと。結果、マルクス主義が思想的本流から衰退してしまったことが明らかとなり、「それ以後の世界思想」といったものを視野に入れながら、思想的展開を始めようとされている、と感じていました。フーコーやボードリヤールやイリイチ、といったところを意識する発言がときに見られ、当然、自負も自信もおありだったろうと思いますが、そのことは、それまでには見られなかった特徴ではないかと感じます。

八五年の七月に「ハイ・イメージ論」の連載が、十一月に「言葉からの触手」の連載が始まりますが、以下、主要な仕事を挙げてみます。ちなみにこの年、吉本さん、六十一歳です。
八六年『対話　日本の原像』、『漱石的主題』、『記号の森の伝説歌』
八七年　二十四時間講演会「いま、吉本隆明25時」、講演集『超西欧的まで』
八九年『ハイ・イメージ論Ⅰ』、『言葉からの触手』。ベルリンの壁、崩壊。
九〇年『ハイ・イメージ論Ⅱ』、講演集『未来の親鸞』、『ハイ・エディプス論』、『柳田國男論集成』。東西ドイツ統一。
九一年「母型論」連載開始。湾岸戦争勃発。
九二年『良寛』、『甦るヴェイユ』、『見え出した社会の限界』、『大情況論』、『新・書物の解体学』
九三年『時代の病理』、対談集『〈非〉知へ』
九四年『情況へ』、『現在はどこにあるか』
九五年『対幻想〔平成版〕』、『わが「転向」』、講演集『親鸞復興』、鼎談集『日本人は思想したか』、『余裕のない日本を考える』、『超資本主義』、『母型論』。地下鉄サリン事件。
九六年『世紀末ニュースを解読する』、『消費の中の芸』、『宗教の最終のすがた』。八月、西伊豆土肥海水浴場にて水難事故。
九七年　講演集『ほんとうの考え・うその考え』、「試行」74号で終刊。
九八年『アフリカ的段階について』、『遺書』、『父の像』
九九年『詩人・評論家・作家のための言語論』、『ぼくの「戦争論」』

〇〇年　『超「20世紀論」』、『〈老い〉の現在進行形』、『吉本隆明が語る戦後55年』
〇一年　『心とは何か　心的現象論入門』
〇二年　『老いの流儀』、講演集『夏目漱石を読む』
〇三年　『異形の心的現象』

ご覧の通り、六十歳以降、八十歳になるまで質量ともにこれだけの仕事をしておられることは、改めて驚異的なことだと感じます。

『言葉からの触手』や『ハイ・イメージ論』という仕事をされていた当時、私は、吉本さんはご自身の思想をどこに着地させるか、その着地点を探しているのではないかという印象をもっていました。吉本さんがひところ言っていた、往―還の、還り道を大変意識された仕事なのではないかということですね。もう少し具体的にいいますと、吉本さんは八〇年前後から、「高度化」とか「超資本主義」といった言葉をキーワードとして社会現象を語り始めたわけですが、テクノロジーや社会環境（人間関係を含めた）は今後とも高度化が加速するだろう。しかしそのようななかで、人間の人間的側面は、「高度化」とどう調和できるのかというモチーフがあったのではないか。テクノロジーや社会の仕組みがどれほど進展しようと、ハードウェアとしての人間の身体、心理といったものは、人間のままであるわけです。

二〇〇三年の、森山公夫さんとの対話集『異形の心的現象』のなかで、精神とは何だと聞かれたとき、二つのくびれのようなものがくっついているものだと答える、と言った後、次のように発言しておられます。

その片方は、文明、文化、道具、社会構造とかが発達していろんなものを役立たせる方法を考え出すことができるというふうにすると、どこまでも緻密で高度なところへもっていける部分です。もう一つは、男女の恋愛感情でも何でもいいんですけれど、千年や二千年ではそんなに変わらないという部分です。「精神」とか「心」にはその二つの部分があるんだという分け方ができるような気がするんですね。どこからそういう考え方が出てきたかと言うと、僕は、言葉についての考え方からそういうふうに考えたと言えると思います。（p65〜66）

そして森山さんにいつからそんなふうに考えたのかと問われ、『言語にとって美とはなにか』を書いたときからだと答えているのです。これには意表を突かれたといいますか、自己表出や指示表出ともに歴史性や時間性が累積された概念であることは、吉本さんご自身がそのように書かれていましたから、それなりに頭の隅においていました。しかし吉本さんがここで述べているように、人間のもつ変化と不変という二つの側面に、自己表出、指示表出を対応させているのだ、と読んだことはありませんでした。

森山さんは次に、変化していく部分が「指示表出」で、変わらない部分が「自己表出」か、と問うているのですが、吉本さんはそれには直接には答えず、「感覚を感受する部分は変わっていく」、精神内容のうちでも、男女の問題は変わらない、という答え方をしているのです。明言しなかったのは、単純な二分法に回収されてしまうのを避けたのだと思いますが、大変に示唆の多い応答でした。

ともあれ、ここでの文脈に戻して言うと、変化する部分と、数千年において変わらない部分というのは、折り合いがつかないまま広がっていくだけなのかどうか。どこかで折れ合うような理路を見つけなくてはならないのか。これらのことが吉本さんのモチーフだったのではないか。それが九〇年代前後、あるいはそれ以降の吉本さんのお仕事に関する私の印象の二つ目です。『言葉からの触手』などは特にそうですが、社会の「高度化」が急激に進展するなか、生命、身体、言葉といった問題はどうなるのか、というテーマが逆に大きく浮上していると受け取ってきたわけです。起源を問う、発生を問うという主題は、社会の進展が実感されればされるほど、思想的課題として認識されればされるほど、切実な問いになってくるわけです。

そう考えたとき、『母型論』にはどんな位置を与えればよいのだろうか。変わるものと変わらないものの亀裂が大きくなるほど、大洋的なものは危機に陥るということなのか。あるいはこの亀裂がいくら大きくなろうとも、大洋的なものが保障される限りにおいて、人間的なものは維持されていくだろうということなのか。ちなみに言えば、最初の、嫌な時代の問題ですが、このギャップが広がれば広がるほど、自殺や鬱、それからある種のドロップアウトや不適応、たとえば引きこもり、不登校、長期欠勤といった現象は増えていくでしょう。「嫌な時代」は好転する兆しはない。ということは、ますます大洋的なものから遠ざけられていくことになる。

ともあれぼくの理解はせいぜいここまでです。瀬尾さんの最近の文章では「超越論的言語思想の系譜」(「現代詩手帖」〇三年九月号)と「吉本言語論における指示表出の根源性について」(「唯物論研究」第99号。〇七年二月。以下「指示表出の根源性について」)があり、どちらも言語論です。『母型論』

についても、言語論的な解読が中心になるはずで、瀬尾さんが言語論としてどう読まれているか、大きな期待をもちます。まず、「超越的言語思想の系譜」の概要についての簡単に説明していただく、ということでいかがでしょうか。

▼反復する時間、反復する言語

瀬尾 「超越論的言語論の系譜」という文章は、ハイデガーとベンヤミンとアーレントに言及したんですが、ここしばらく、後期ハイデガーを読んでいました。ハイデガーの後期というのは、一般に日本ではとても評判の悪い部分です。ハイデガーを扱う多くの論者が、後期をまともには論じない。中後期を『存在と時間』からの逸脱・衰弱として扱ったり、あるいは『哲学への寄与』あたりまでを論じて、あとをたんなる付論として扱ったりしています。その理由は簡単で、だれもまだ後期ハイデガーを読んだことがないからです。ドイツ語で読むのも大変ですが、翻訳で読んだらまず解読不可能です。それを、この一、二年、ゆっくりとですが読んでいました。

後期ハイデガーの中心にあるのは、「生起としての言語」あるいは「存在の開口部としての言語」、そういうものとしての詩の問題ですが、そのことを別にしても、いくつも重要なアイデアがあります。たとえば反復の問題。ニーチェの「永遠回帰」の概念をどう理解するか、いろんな人の解説を読んでもこれまでまったく理解できなかったんですが、永遠回帰の時間性をハイデガーはとても明晰に論じています。一方に「エクシステンツィアの時間」というのがあります。それは存在者たちの時間――語られて、一義的な概念になって、顕在化させられて、そして歴史の中に登録されている、そういうものが形作る時間ですね。歴史的に一義的なものが羅列されてできた直線的な時間です。ところでもう一つ、そういう時間とは別に「エネルゲイアの時間」というのがあります。これは生成するものの時間であって、一義的な直線的な時間のなかに生成して出てくるもの。しかしそこでは語られることなく、概念の一義性を獲得せず、歴史の中に登録されず、また潜在性へと戻ってゆくものの時間。それは潜在性ですから、あるときまた反復して噴出してくる。噴出するけれども登録されないから、また潜伏する、というように反復しつづける時間です。

われわれは直線的な時間の中で生きていると思っているし、過去から現在・未来にむかう時間の中に生きているように見えるけれども、それは言葉にされ、登録されたもののなかにあるときだけのことで、じつは自分の潜在的・内面的なものを含めた生自体は反復性のなかに置かれている。つまり覆蔵性と非覆蔵性とのあいだで「生起」するものになっている。そうハイデガーは言っているのです。

ぼくはハイデガーの理解を読んではじめて、われわれが生きている時間がたしかに反復している、という感覚がわかったのです。永遠回帰についてニーチェはそんなふうに書いてないし、どう理解していいかわからなかったんだけれども、こんなふうに説明されてはじめて、永遠回帰とか反復性ということが自分が生きている感覚にフィットした。さっきのY君の問題とも通じることなんですが、たしかに一義的なものでできている時間が世界を支配しているように見える。われわれもそういう時間のなかで生きていると信じているのですが、ほんとはわれわれが現実に生きている生の時間はそうはなっていない。そこには一義性を拒む本質があって、その限りでは時間は不断に反復しているんですね。

言語に関しても同じようなことが言えます。意味が合意され概念が一義性に収束するところに言語の本質を見る言語観は、たしかに社会的なもののなりたちを根拠づけることができるし、合意や調停の論理、制度やルールの生成の論理をとりだすことができます。でもそれは問題の半分だと思う。概念を獲得せず潜在性に戻される、また不意に顕在化する、というようにして反復している言語をとらえないと、生起としての言語や詩の言語がとらえられないだけでなくて、社会的なものを根こそぎ動かして行く潜在力みたいなものを包括できないんじゃないでしょうか。

▼吉本詩作品の中の「海」を読む

瀬尾　さっき佐藤さんは、吉本さんの言語論は自閉症的な内面性と対極のところにある、と言ったんだけれども、ぼくはむしろ逆に、それはほとんど同じだ、吉本さんの言語論ほど自閉症的な内面を内在化したものはないと思ったりするのです。

最近、吉本さんの詩についての文章を書いたんですが、そのとき、「海の反復」ということを考えた。吉本さんの詩のなかには「海」がよく出てきます。詩作品だけではなくて、ふとしたはずみに理論的な本の中でも、たとえば『言語にとって美とはなにか』のなかで、狩猟民が最初に海岸に出て海を見て「う」と言った――というような場面があったりするわけですね。

こういうのは何なのだろうと思うのです。たしかに初期詩篇のころから、疎隔感とか、存在不安とか、孤立感とかが語られるとき、しばしば海がその場面として選ばれています。「エリアンの手記と詩」でも、エリアンの詩は海への呼びかけから始まっている。「（海の風に）」という詩のなかでは、孤立した自己が遠い過去から現在にいたる時間のなかに立っている。その場面はやはり海辺です。

たしかに「転位のための十篇」とか六〇年代の詩には、あまり海は出てこない。だから、誰もあまり吉本さんの詩を海と関係づけないけれども、そのかわり「転位のための十篇」とか六〇年代詩篇のなかには、「運河」や「壕」がものすごくたくさん出てくるのです。それは佃島とか月島とかあのあたりの運河を指しているんでしょうが、自分の幼児期を反復しながら現在の自分の孤立を補償する、そういう形象なんですね。たぶんここでは海は運河のなかに封じ込まれている。広大な海にむかって感性を解き放つのではなく、運河という姿の中に隠された海にむかって意識は限定されている。「転位のための十篇」のころの吉本さんの社会的コミットメントのありようが、そのことと対応していると思います。行為の現在性というものがせりあがっていて、詩の世界もそこに凝集されている。だから海は運河という限定された形でしか詩に登場しないのです。

その時期が終わって、一九六八年に「佃渡しで」という作品が書かれます。目の前にあるのは現実の佃渡しで、娘と一緒にその情景を見ながら、ふと、ここから先は娘には言えない、自分の心のなかでだけ言うのだ、という形で幼年期以来の自分の心の屈折が語られる。詩の中にリアルな東京湾の海がはいり込んで来て、同時に幼年期以来の長い時間が詩の中に戻って来る。

七〇年になって「島はみんな幻」という詩が書かれます。ここには語り手の分身である〈きみ〉が登場する。〈きみ〉は〈おれ〉を、無数の島が散在している空間に連れてゆく。そこは無数の島々によって海が分断されているような空間であって、暗黙のうちに天草を意味しています。〈おれ〉は〈きみ〉に天草に連れて行かれて、そこが自分の生地であるようなないような、そこに血縁がいるようないないような、曖昧な表情でそこに立つ。この情景の中にはニライ・カナイの神とか、童可奈志（わらしかなし）が登場する。この天草は、南島や沖縄と地続き・島続きの空間になっているんですね。吉本さんが南島論を始めたのがこれと同じ時期です。そのときのモチーフが何だったのかということが、この詩の最後の連に書かれています。

〈きみ〉はしるまい
〈きみ〉が〈クニ〉と称して恨んだりよろこんだりしているものが　じつは幻の島にすぎないこと
〈きみ〉はしるまい
〈きみ〉が島と称して辺境にうかがうものが　じつはさびしいひとつひとつの〈クニ〉であること

国家とか国とか考えられているものは幻であって、巨視的に見るならひとつひとつの島にしかすぎない。でもどんな小さな島もそのなかに国や国家に展開してゆく芽をはらんでいる。南島を論ずることは、そうした位置に自分を立たせることなんだ。海はここでそういう登場の仕方をする。これが一九七〇年です。

七二年には、吉本さんのお母さんが亡くなっています。そのときに「死は説話である」という作品が書かれますが、お母さんの死は病院の中での死である。それは病院という管理された空間の中で起こるのだけれども、この空間はいつのまにか病院から流れ出て、そのままオセアニアの海につながっている。波がひたひたと流れ出てゆく先、オセアニアのトロブリアント島の伝説によれば、母の死は孫娘の胎内に再生すると言われている。吉本さんからいえば、母の死は息子にとって、自分の娘の胎内に再生していることになる。

▼島が「国」になる二千年、というモチーフ

瀬尾　たぶんこの辺りから、「母型」とか、母胎を通ってオセアニアの大洋的なものへ、という構想が始まっていると思うんですが、ここにはそれを補足するストーリーがあって、吉本さんはそれを『少年』という本のなかで語っています。吉本家が天草から東京に出てきたのは一九二四年の四月。吉本さんが生まれたのが、その年の十一月二十五日です。天草から東京に出てくるときに、お母さんのおなかの中に吉本さんはいたわけです。お母さんにとっては、その移動の時期が、生活的・存在的にもっとも不安な時期だったわけですが、その不安は、胎児であった自分に潜在的に転記された、と吉本さんは考えている。

すでに生まれていた兄や姉よりも、母の存在的不安は、胎内にいた自分にいちばん深く刻印されているにちがいない——そう吉本さん自身が言っています。自分が孤立したり、疎隔感を感じたり、存在不安を感じたりして、無意識がお母さんの胎内に戻っていこうとすると、そのとき、母胎の存在不安を通って、無意識は東京から天草に戻っていくのです。存在不安は潜在性だから、折に触れ

て吉本さんのなかで反復・回帰している。これは第一に詩的構想力の問題だけれども、理論的な仕事のうえでも、時代の政治的な情況へのリアルなコミットメントから、南島論へ、オセアニアの大洋論へ、という重心の移動と、このことは文字通り対応していると思うのです。

七〇年代、八〇年代の詩作には、思想的なフィクションとしての海が登場してきます。『記号の森の伝説歌』の「俚歌」のなかには、天草の海とオセアニアの海が両方語られるのですが、天草の海に関してはキリシタンの土民兵の姿とともに語られて、《ロヨラ派の砦だった海》と呼ばれます。天草の乱に至るまで、天草はキリシタンのいちばん大きな拠点だったわけで、日本国内に西欧思想が先端的に流入するのを受け止め、宿命的に背負ってきたところです。

ザビエルとは言わないで《ロヨラ派の砦だった海》という言葉で語られるのは、それが西欧の思想史を参照しているからです。西欧の宗教改革の時期に、カソリックの側でもそれに呼応して対抗宗教改革が起こる。このときカソリック内部で生まれた過激な原理主義の一派がイエズス会、つまりロヨラ派で、これがアジア・極東への布教の権限を得るわけです。キリシタンの問題は、単に日本の伝統的な宗教風土にキリスト教という異教が入ってきて、迫害を受けた、という問題ではなくて、一六世紀のヨーロッパが世界的な膨張を始めたときの、もっとも先端的な思想が日本に波及してきた、ということを意味している。その波頭をまっさきに受け止めた場所が天草なのです。このことが、吉本さんのなかの西欧的なものと日本的なもの、アジア的なものの考え方や受けとめ方の象徴になっている。それらの要素がぶつかり合って演じるさまざまな悲劇の原型をそこに見ていることになる。このことが一つです。

もう一つは、この詩の中で《船大工ヨセフとその一族》が言及されます。それはイエスの家系のことをさしているのだけれども、イエスの父親は大工ではあるけれど船大工ではないですね。なぜ船大工と言うのか。それはもちろん吉本さんのお爺さん、お父さんが船大工だったからですが、もう一つ、船大工には独特のコノテーションがあって、それは海の民であると同時に山の民であるような存在を指しています。このことについては柳田國男が語り、吉本さんとかかわりのある人では梅原猛さんとか赤坂憲雄さんもさまざまな仮説をのべています。

そのなかで吉本さんが柳田を参照しながら組み立てた仮説によると、数万年以前から日本列島には先住民がいた。そこに、数千年前でしょうか、渡来人がやってきて稲作をもたらす。半島からやってきた渡来人はまず北九州に定着するけれども、そこからゆっくりと南九州へと分布を拡大してゆく。柳田の考えでは、このときにあらたに南から海流に乗って渡来してきた民族があって、このうち航海技術の非常にすぐれた人たちは、太平洋沿岸をそのまま海流にのってゆくのではなく、瀬戸内へとはいりこむ航路を開拓した。この人たちが南九州にいた渡来人たちをつれて、何世代かにわたって瀬戸内から畿内に入っていった。そこで古代王権の基盤を作ったというのです。

朝鮮半島からの渡来民族は北九州から南九州に移動したのですが、彼らは九州の先住民族の中に割って入り、そのために先住民は海の民と山の民に分けられる。先住民と渡来者はゆっくり同化してゆくんでしょうが、海の民と山の民というのはこの分割された先住民のことであって、古代王権を作った渡来人たちよりもはるかに古い時間に属しており、古代王権の成り立ちをその外から見ていた人たちであるわけです。

船大工という職種は樹と水にたずさわっていて、ちょうど山の民と海の民が出会い、繋がり合っている部分です。『記号の森の伝説歌』は「舟歌」から始まっていますが、そこで海の民のことが語られます。「叙景歌」になると山の民が出てきます。木の精霊たちの世界です。つまり海の民と山の民が遭遇する位置に吉本さんは詩的構想力の基盤を置いている。古代王権ができるときの、「排除されたもの」というとちょっと違うのですが、渡来人たちと摩擦を起こしそれに抵抗し、あるいは同化しながら、渡来人たちによって王権がつくられてゆくその基底部分を、それとは異質な民衆として見ていた人々ですね。そういう存在の位置に自分の詩的構想力の起点を置いている。

言語に関して言えば南九州は、渡来民族と先住民族のあいだで最初に言語の混合が起こった場所なんだと思います。もともとの不定形な、流動的規範しかもたない言語が文字を獲得し、文字の鋳型に流し込まれるようにして一義的な概念を形づくり、そこから法的な言語が生まれる、同時に詩的な言語が分離される。南九州はこうしたことが起こった現場として考えられていると思います。それは理論的には、吉本さんが『初期歌謡論』で論じていることです。先住民の言語が、渡来した民族の言語と混交し、ねじれ、軋み、同化してゆく。不定形だった流動的な言語が、一義的な概念のなかにどう収束してゆくか、という主題です。

この問題は、典型的にさっき触れた、反復性としての言語という主題となっています。一方には、一義的な概念に集めとられ、法的な言語、社会的な言語に収束していく表現があります。他方には、そこには収束せずにまた潜在性に戻され、不断に反復され回帰している言語があります。吉本さんはこの問題を、起源論として展開しているのだと思います。

▼吉本言語論のもっとも原型にあるもの

瀬尾　これが吉本さんの言語論の入り口あたりのイメージということになります。「超越論的言語論の系譜」や、『母型論』の解説として書いた「至上なものの複数性」という文章でも述べたことなんですが、吉本さんの言語意識の感覚的な原型は、『言語にとって美とはなにか』ではなくて、初期の「方法的思想の一問題──反ヴァレリイ論」（四九年）とか、「詩と科学の問題」（四九年）あたりに、いちばんはっきりあらわれていると思う。それは言語という構造体をまるで天体観測でもするような感じで解析していく、ものすごくメカニカルな文体を持っています。言語とは星雲のように流動的な構造体であって、詩作というのはそれをどうつかまえてくるか、どうつかまえてそれを固定するかという問題なんだ。たとえばそういうイメージが吉本さんの言語についての感覚の原型にあります。考えようによってはこれはそうとう深い障害感を含んだ言語観だとも言える。つまり、言語が自然なものとして、現実感覚の現実的な表現として受け止められていたら、こうした言語観にはならないと思うのです。

あえて言えばこれは、母親とか、自分の生誕や自然な存在感覚に対して強い障害感があって、自然性が損なわれている人の言語観なのではないか。言語が物理的対象のように、まったく独立した存在として自分の外にあって、つねに言語の存在につきあたっているという、障害感を孕んだ、それゆえに不可避的に存在論になった言語観なんだと思う。

それ以後の幻想論とか、「関係の絶対性」という概念は、そういう言語の独在性の感覚から出てきています。われわれの現実感覚とか個人が思っていることと感じていることは個的幻想である。人との関係は対幻想である。共同的な場所で起こる事柄は、共同幻想である。それらはすべて、〝幻想〟なのです。どうしてこういう言い方が出てくるのかと言えば、すべてが言語という異物を媒介した写像だからです。自分の思っていること感じていることは、言語を媒介にして了解されている。自分のことなのですが、それが言語という異物を通ってやってくる。他者との関係もそうですし、共同的な場所で起こる事柄もそうです。

それではこちら側には何があるのか。不定形な、一義性を欠いた、理不尽な力の乱流があるのです。その不定形な前言語状態が、言語という存在を通すとある一義性をつくりだす。しかし言語的な構築であるひとつの思想が、これが真理だ、とかこれが至上物だ、と語るとしても、それは言語構築のなかでつくられる一義性であり、真理であるに過ぎない。こちら側のリアリティの直接性からは絶対的に隔てられている。言語によって語られたあらゆる真理は、言語を媒介にしたリアリティの写像として相互に並び立っているのであって、ある一つの真理が全体を包括するということはない。唯一、真であると言えるのは、それらの間にある「関係の絶対性」だけである。

こういう言語感覚は、決して整合的な言語論の形をとらない。ふつうなら論理的ななめらかさや自然性によって通過されてしまうような言語の「存在」に、不断に衝突しているからです。

▼反・西欧的言語論としての『母型論』

瀬尾　「母型」という言葉は、そういう吉本さんの資質的なものを色濃く含んでいると思うのですが、同時にそれが思想として語られたときには、いわば西欧的なものを転倒するというモチーフを帯びることになる。つまり西欧的な、父型的文化そのものがどういう起源を持つかということを、根こそぎ対象化する視点を提出していることになると思うのです。言語に関しても宗教に関しても、心理学に関しても、すべて父型が制覇している文化がある。だがそれは、後になって父型へと反転されているのであって、その成り立ちをさぐれば、じつは母型的なものを先行させている。「母型」という言い方で吉本さんがやろうとしたことは、最初からそれを意図していたかどうかわからないけれども、少なくとも結果的にはそういうものになっていると思います。

――言語論からは離れてしまいますが、いま言われた、西欧的なものの転倒というのは、『超「戦争論」』で言われた段階論にもつながっていくわけですね。

瀬尾　ふつうの西欧的な、父系的な段階論は一方向なのです。それは起源を切りすてていますからね。氏族社会が母系を基礎にしているとすると、その母系社会が父系制に転換したところから西欧の歴史が始まっています。ユダヤ－キリスト教は父系に転換したあとの部族社会から始まっている世界観なので、言葉は神とともにあるし、子どもに対する存在贈与も神がおこなう。あるいは父がおこなう。母ではないわけです。母系的な起源が現われてくる場合には、西欧では異端思想という形をとることになるでしょう。

言語に関しても、中世は言語神授説であり、啓蒙期になると、言語は人間に内在する理性に帰属させられる。それは普遍言語というアイデアに行きつくけれども、理性は父系的なものだから、基本的には中世の形式を踏襲しているわけです。近代になると、言語学はフィロロギー（文献学）と呼ばれて、各民族言語を収集しながら、そこに普遍的な構造を取り出すという作業になります。それがソシュールの「一般言語学」になり、以後の言語論的展開を経て現在にいたる。こういう順序をへてゆくのですが、これはじつは円環になっているんだと思います。

つまり言語は神とともにあった。バベルの塔とともにそれが崩壊し分割された。単一の言語が解体して、分裂した多数の言語になった。だがそれらは普遍言語にむかって運動しており、いずれ単一の言語に収束するだろう。ユダヤ的‐西欧的な言語論を貫いているのはそういう思想であって、言語の歴史が父系的な部族社会から後の時間に限定されているために、到達すべきものがあらかじめわかっている直線になっている。ルソーからヘルダーにいたる言語起源論がありますが、それらも暗黙のうちに理性を前提にしている。ほんらいこの枠組みのなかでは言語起源論は、不可能なのです。

吉本さんは『母型論』のなかで「母音言語」とか「母語論」という議論を展開するのですが、それは父系社会以後の時間の中で成り立っている西欧的な言語観や宗教観、心理学のすべての構築を、言語の母型的な起源を持ち出すことによって転倒するという構想があるからだと思います。

西欧的段階論は一方向的に、先へ行くしかない。宙に浮いた円環であり、あらかじめ終点がわかっている直線になっている。すべての文明はこの時間を通ってゆかなければならないと主張します。近代以前の段階にある文明は段階としては低いものだから、やがてはすべて近代のなかに入ってこなくてはならない、という話になるわけです。これを支配しているのが概念でできたヒストリーとしての「歴史」だと思います。父系制の部族社会の成立とともに、言語は一義化にむかって進みますから、ここからはじまる直線的な歴史時間は、基本的には概念でできている。一方向的に進む時間のなかに次々に概念が登録されて行く時間になるわけです。

ところが吉本さんの段階論は、そうなっていないんですね。近代をその先へ出て行くということが、同時にアフリカ段階へ戻るということを実現していなくてはならない。概念的な言語の歴史をどう超えるか考える場合に、それを未来へ向って出てゆくという方向と、アフリカ段階へ向って出て行くこととが同時に起こらなくてはならない。それが吉本さんのまったく固有な段階論ですね。だからイラク戦争とか、9・11に対する判断も、一方向的な西欧的な時間から見たものとはまったく違ったものになるわけです。

▼段階論とは反復する時間である

――いまのお話をうかがっていると、自分自身の読みも含めてですが、吉本さんの段階論も、『母型論』も、その肝心なところがまだほとんど理解されていないと改めて感じます。瀬尾さんと同世代の方々は七〇年代、八〇年代あたりまでの吉本さんは読み込み、引き継ぐような仕事をしてきたと思いますし、よき理解者だったわけですね。ところが、八〇年代から九〇年代以降の吉本さんの仕事については冷淡だと言いますか、積極的な関心を示す方は少ないのですね。

今日、瀬尾さんが山の民、海の民とか先住民というお話をされました。瀬尾さんからこうした歴史的、民俗学的テーマについてお聞きするのは初めてだと思いますが、瀬尾さん、とうとう〈古代論〉に足を踏み込まれましたねと感じ、ちょっと感動的でした。というのは、瀬尾さんの世代の方々は、〈古代論〉へ関心を持たれる方が少ないのはなぜだろうと感じてきたのです。歴史としての〈古代〉についても、理念としての〈古代〉――これは〈起源〉と言っても同じですが――に対しても、あまり関心を示されない。南島論や祭祀論といった領域が継承されていないのです。瀬尾さんも言われましたが、基本的には近代をどう徹底させるか、どう洗練させていくかという方向で仕事をされているわけですが、吉本さんの『母型論』や『アフリカ的段階』に対するある種の冷淡さは、この、〈古代論〉や起源論への関心の薄さと対応しているような気がします。私自身は、吉本さんの思想を考えるにあたって、〈古代論〉というのは重要なポイントではないかと感じています。

瀬尾　現代思想のなかでもニーチェ、ハイデガー、ドゥルーズという系譜がたどれるのですが、時間の本質が反復性だということの意味があまり理解されていないように思います。吉本さん自身の考え方も、段階論というより、反復性によって理解する方がいい部分が多いんじゃないかと思います。たとえば『母型論』で強調されているように、母系制は父系制に移行するのだけれども、父系制に「取って代わられる」わけではない。それは重層してゆくのですね。母系制は父系制の「基層」として存在しつづける。基層というのは、まさに「反復しつづけるところのもの」であるわけです。

吉本さんの情況的な発言も段階論が基礎になっているわけですが、たとえば国際関係というのはメタレベルのない複数性の関係ですね。つまり「関係の絶対性」がそのまま支配する場面です。そこで一方には、国際関係というルールの中に個々の単位として国々があって、その国々はいろいろな歴史段階にあるけれども、国際関係そのものが近代的な原理である以上は、そのなかでは先進国の原理が優位を占めるんだ、という考え方がありうる。だが、吉本さんの考え方ではそうはならない。先進国も発展途上国も、それぞれの内部にすべての歴史段階を内包しており、発展途上国だからと言って、そのなかに最先端のレベルを持っていないわけではないし、先進国だって、そのなかにアフリカ段階もアジア的な段階も並存している。先進国も発展途上国も、それぞれの仕方ですべての段階を内包しているのだから、それらの諸段階がそれぞれの段階であるままで、国際関係における複数性を形作るべきだということになります。

▼西欧的認識の枠組みと非西欧的認識の枠組み

――『母型論』でいえば「定義論Ⅰ、Ⅱ」ですね。ということは、瀬尾さんも「解説」で引用されていますが、九〇年前後の段階で、『超「戦争論」』で展開される段階論がこの時点ですでに構想されていたということになります。憲法問題の九条に対する吉本さんの発言、地下鉄サリン事件の際の麻原評価に関する発言、イラク戦争の際の段階論に対して、どうもうまく理解できないという思いをもってきましたし、前回も話題に上ったところです。瀬尾さんは、吉本さんの発言はずっと一貫している、変わっていない、吉本さん自身の認識に深く根ざした発言で、その根源にまでこちらの眼が届いていないだけだ、と強調しておられたと思うのですが、そこにつながっていきます。

今回、お話を伺いながらやっと少し得心が行ったのは、『母型論』は原言語論でありながら、それがなぜ個体発達論的な視点と人類史的視点の複合として描かれなければならなかったのか。それが段階論なのだということ。それから西欧近代的言語論、宗教論とはまったく別個の認識の枠組みを作ろうとしているのだということ。瀬尾さんが示してくれた『母型論』この〝読み〟は圧巻でした。

それで、もう一つお聞きしたいと思います。吉本さんに対する瀬尾さんの指摘で、吉本隆明は「自らが光源となっている。自ら超越性となって考える」のだ、と書かれていますね。この言葉を読んだとき、折口信夫を思い起こしたのです。折口は、西洋の科学的実証主義に裏付けられた、先端的な人類学の文献なども当然読み込んでいたのですが、しかし「日本」について発言するときには、自らを一気に〈古代人〉そのものの場所にジャンプさせている、日本の〈古代〉について、それこそ外部から認識するものの目と、内側に入り、〈古代人〉そのものになって現地報告するものの目との複合によって語られている、という印象を受けてきました。冷静な認識者であると同時にシャーマンでもある、ということですね。少なくとも折口の思考法・認識法は、西欧近代のそれとはまったく異質です。

「自らが光源となる」「自らが超越性となる」という瀬尾さんの指摘は、西欧的認識の枠組みとは異なる認識のあり方に対する評言一般に通じてゆくものだ、と理解することはできませんか。

瀬尾　思想というのは、一見したところ知的な構築物であるように見えるのですが、その全体が、じつは一人の思想家の詩的な構想力に基礎づけられているのだと思います。たいていの場合、知的な構築がいったんでき上がってしまうと、あとは、他の思想とのあいだで認識や論理をやり取りする関係のなかに入ってゆきます。詩的構想力という起源が消されてしまって、概念の構築として流通するようになるわけです。ところが吉本さんの場合には、概念的な構築が非常に濃厚に、詩的な構想力と連続している。概念の一義性以前のものによって支えられている部分が非常に大きいと思うのです。だから日本近代の知識人たちの多くがやっているような、内外の既成思想を概念的に移入するというような手法を一切とらない。自分の詩的構想力のなかから、思想の構造を決めるベースを作りだしてゆく。思想にとっての超越性を自分の中に保持しているわけです。折口信夫と似たところがあるとすれば、そういうところだと思う。釈迢空としての折口は詩歌作品のなかで、自らの存在の欠落感のみを歌い続ける。それを受けて学者折口は、その存在欠落を反対側から埋めるような来迎する神、回帰する神を語り続ける。こういうふうに超越性を自分のなかにかかえこむというあり方は、つねに神が外在性として与えられている西欧の思想家には起こりにくいことなのですね。

▼『戦争詩論』について

——ではこの辺で、瀬尾さんの『戦争詩論』に話題を移します。

拝読しながら、鮎川信夫さんや吉本さんによって、これまでなされてきた「戦争責任論」とどこがどう異なっているのか。著者は何をしなければならないと感じており、これまでの戦争責任論にどんな達成を加えているのか、という点が最も関心ごとでした。

ヒントとなったのは、瀬尾さんが『母型論』の解説に、「『関係の絶対性』を解く道筋は一つしかない。すべての世界像を、それぞれの一写像にしか過ぎないものにしてしまっている『言語の存在』そのものを解析することである」と書いておられたことです。これは『母型論』について語っていますが、『戦争詩論』の最も深いところのモチーフでもあるのではないかと読んだのです。つまり詩の戦争責任論であるとともに、言語論であること。言い換えるなら、詩と戦争の問題を、詩に内在する視点を作りつつ、戦争について論じることで、詩に対する外からの視点も同時に作ったこと。この方法的重層性が、吉本―鮎川両氏の「戦争責任論」と最大の違いであり、一歩も二歩も推し進めた点ではないかと受け取ったのです。

もう少し言い添えるなら、「戦争責任」の問題を政治的なモチーフでも倫理という観点でもなく、「詩の存在」そのものを解析するという方法が採られていることが一つ。もう一つは、詩壇という「閉ざされた共同体」のなかでの詩論ではないことです。そこにもう一点、9・11以降の国際社会についての主題も同居させることで、それこそ直接話法を実現させて見せた、ということですね。

こんなところが私の感想ということになりますが、瀬尾さんのほうからお話しください。

瀬尾　大きな前提として、戦争期の詩を扱うとき、研究者の文体というか、外在的な批判者の文体を決して使うまいと思った、ということがあります。研究者の文体は、どんなにすぐれたものであっても、戦争期の詩に戦争加担の痕跡を見つけて、それを告発するという以外のモチーフは持ちようがないのです。それは個々の研究者の力量の問題ではなく、研究者的言説が持つ社会的な意味からいって、外在的な否定をどんどん形式的に倫理的にきびしくしてゆく以外の論旨の作り方はないと思うのです。

ところで、外在的・左翼的な批判者の文体を拒否するというときに、たとえば鮎川さん、吉本さんならば、戦争期の詩人たちと世代は違っていても同じ時代を生きたわけですから、つねに内在的な視点がとれるわけです。批判や否定のモチーフは激しいですが、それは外在的な形式的なものではなくて、つねに内在的な批判になっているわけですね。では、ぼくのように戦後に生まれた人間が、戦争期の詩に対してどうして内在的にならざるをえないのかといえば、それはぼくが詩の実作者だというところに根拠があるわけです。ぼくは詩の批評もやるけれども、実作者であり、詩の現場作業員であることが第一義だと思っているので、戦争期の詩人がどんな詩を書いていたとしても、こんな詩を書いてあきれたもんだ、みたいなことは言えないのです。現在の価値観から言ってどんなに不当な、蒙昧なものであっても、それは「自分たちの詩」の問題ですから、「自分たちの詩」が、かつてこういう情動を持ちこういう語り方をしたのはなぜか、なぜ「われわれ」はこういうことを語ったのか、という問い方になる。そのことがまずいちばんたいせつな前提としてあります。

▼吉本──鮎川の「戦争責任論」と瀬尾『戦争詩論』の違い

瀬尾　そのこととは別に、鮎川さん、吉本さんの戦争責任論と、ぼくの『戦争詩論』がどう違うか、というところに絞って話すと、第一に、鮎川さん、吉本さんの戦争責任論には、敗戦期を扱うにあたって、ある混濁した部分があると思う。つまりそこには「荒地」の詩人たちの、戦後詩人としての自己主張といいますか、自分たちを新しい詩的世代としてどう立ち上がらせるかという動機が中心となって、前世代の詩人と自分たちを激しく差異化するモチーフがありました。そのために彼らの戦争加担そのものを倫理的に告発するという色合いがどうしても前面に出るのですね。実際には鮎川さんも、「新領土」などでは村野四郎などの非常に強い影響下で詩的に出発し、一緒にやっていたわけです。だが戦後になってそういう人たちを批判するときには、同じ風土から出てきたということが背景にしりぞいて、戦争に加担した者とその被害者である世代、という対立軸がどうしても前面に出てくる。吉本さんでも「前世代の詩人たち」や「『四季』派の本質」なんかで、壺井繁治や三好達治といった前世代の詩人たちと自分たちを差異化するときには、やはりかなり戦争加担そのものを倫理的に批判するという色合いが強くなります。もちろん鮎川さんも吉本さんもその批判は内在的であって、いまの研究者や倫理的告発者とはまったく違います。でも言葉だけをとってみると、そういう人たちの告発文体に根拠を与えてしまっているところがあります。

それにくわえて、鮎川さん吉本さんの戦争責任論を受け取るにあたって多く混濁が生じるのは、そこにもう一つ、もっと本質的な要因――詩人たちの戦後左翼へのコミットメントの批判という要因が入ってくるからです。鮎川さんで言えば、それは『死の灰詩集』論争に典型的にあらわれます。鮎川さんは「集団性への屈服」というような言い方をしていると思いますが、戦争期には戦争期の集団性に屈服し、戦後になると戦後左翼の集団性に屈服する。詩人たちは、昔も今も同じことをやっているのだという告発の仕方になっています。また吉本さんで言えば、戦争期に戦争加担した人間が、戦後になって共産党に近づくことによって自らの負い目を補償する、という構造を絶対に許さないという強力なモチーフがあります。花田清輝をはじめ壺井繁治とか岡本潤とか、武井昭夫に対してもそうなのだけれども、戦後になって共産党に接近した人たち対してものすごく過酷なのですね。それは三好達治とか村野四郎、高村光太郎などに対する対応とはまったく違います。戦争権力に加担した人間が、戦後は共産党に加担して辻褄を合わせているということに対する告発、というのが吉本さんの戦争責任論の中心なのです。

ここでは戦争加担の告発ではなく、政治的な加担一般ということが問題になります。あるところでは戦争加担に対する告発であり、あるところでは政治の集団性、共産党へのコミットに対する告発である。そのつながりが鮎川さん吉本さんのなかでは自明なのでしょうが、戦後思想の風土はそれを十分に区別して受け取ることができなかった。また鮎川さん吉本さんもそこを十分説得できていないような気がするのです。

そこで、戦争に加担したこと自体を戦後の視点から倫理的に告発する、という部分に関しては、これはもうはっきりと、政治的加担一般の問題に還元したほうがいいとぼくは思うわけです。鮎川さんや吉本さんは戦後詩というものを立ち上がらせるために、戦争期以前の詩人たちと自分たちを差異化する必要があった。そのために、戦前期にはおなじ詩の運動のなかの年長者と若手くらいの差しかなかったのに、戦後にはそれが加害者と被害者世代というくらいの大きな対立になっている。戦中には「国民詩」と呼ばれたり、「愛国詩」と呼ばれたり、「戦場詩」と呼ばれたりしたものを区別せず、敗戦期のところで世代的な太い線を引いて、それ以前と以後とを区別した。そういうふうにして前世代の詩人たちを一様に否定して、「戦後詩」を、あらたに誕生したある輝かしいものとして立ち上がらせようとしたわけです。そのために生じたさまざまなバイアスがあります。そこには構造的な問題があって、ほんとうはその差異線、区別線は絶対的なものではない。それ以前と以後に、断絶を見るのと同じくらいに、反復性を見ることだってできるわけです。

つまり戦前であれば、ナショナリズムとインターナショナリズムとが対立しているように見える。一方にモダニズムがあり、プロレタリア詩があり、他方に日本浪漫派があり、という対立があるように見える。だがじつのところそれらは、ウルトラナショナルなものが登場してくるための媒介として同位である、相互媒介になっている、ということをあの本では書きました。それは権力と反権力、体制と反体制というような形で、戦後になって保守派と民主勢力、保守派と共産党とのあいだで起こっていることと同じだし、今で言えばネオナショナリズムとポスト・コロニアリズムなどと呼ばれる対立と同じです。そこにあるのは反復であって、詩の世界で一般的に起こっていることも同じです。ただそこに、鮎川さんとか吉本さんとか、北村太郎とか吉岡実とか、特別の抜きん出た人たちがいるわけです。でもそういう人たちをのぞいたら、詩の世界でも、戦争詩以前と戦後詩がそれほどはっきりと区別されていたわけではない。むしろ反復性・連続性のほうが濃厚なわけです。

だから現在まで残っている問題はむしろ、鮎川さん吉本さんが、戦争責任の問題を戦後になって共産党をはじめとする左翼批判へ貫いていったという部分、そこにある政治と文学の問題をクリアに取り出すことだろうと思う。権力にも反権力にも加担しないもの——それ自体がある種の政治性を要求されるのでしょうが——そういうものを戦前戦後にわたって連続し反復している政治と文学の風土のなかに、どう突き立てるかという問題だと思う。それは戦前期、戦争期、戦後を問わず、特別の人たちがそれを担ってきた。それをクリアに取り出すことが重要なのだと思います。あの本の後半で「詩的なもの」と「非詩的なもの」の対位によって考えようとしたのはそのことです。

▼「吉本——詩の自立論」がどう受け入れられてきたか

瀬尾　もう一つは、『言語にとって美とはなにか』以降の、吉本さんの詩の自立論についてです。それがとても曖昧に受け取られてきたと思います。議論がクリアになっていないと思います。

吉本さんは敗戦期からしばらく左翼的文学者とのあいだで理論的な闘争の時期があったけれど

も、社会主義リアリズムの否定肯定をめぐる議論にまったく可能性を見出せなくなって、自力で文学の原理論を作ることへ向かってゆきます。『言語にとって美とはなにか』が切り開いた地平は、ひとことで言えば、文学の価値を、自己表出だけを本質として考えることができる、ということです。文学作品の史的展開もまた、自己表出性の累積と高度化を軸として辿ることができる。これが「表現転移論」と言われているものですが、そう考えることによって、文学作品を政治的な加担性によって評価する外在的な視線から文学を防御することができるようになった。ところが問題は、ここからあとです。

自己表出を本質としてみることによって、文学作品、詩作品は、表現それ自体のなかに価値の根拠をもっている、と考えることができるようになった。しかし、今からみると、この議論は本質的な曖昧さを含んでいると思えるのです。というのは、文学や詩作品の価値は、それが内包する自己表出性にあるといった場合、一つには、「この作品がいかなる政治的な意味を持っていたとしても、文学の価値はその自己表出性の高度によって測られるのだから、文学作品として優れていればそれでいい」という理解がありえます。またもう一つには「文学作品の価値は自己表出性にあるのだから、その作品が政治的な意味に価値を置くような思想によって書かれている場合、その作品は否定されなければならない」という理解の仕方がありえます。後者は文学作品の自己完結した美的な空間と考える作品観に道を開き、それはそれで別の政治性を帯びることになる。すくなくとも戦後詩の世界では、この二つの考えを両極として実作も批評も展開してきたように思います。

現在、「文学の自立」は、おおむね誰にとっても自明の前提として受け入れられています。いま詩人たち作家たちは、だれでもそのように言うだろうと思うのです。しかし実際には、同じ言葉が非常に大きな幅をもっていて、互いにまったく対立しあう理解を許容しています。たとえば「第三期の詩人たち」と吉本さんが呼んだ世代から後の詩人たちは、いわば感受性の詩人たちであって、先行世代の「荒地」におけるような思想性・政治性そのものが詩の自立性を損なうと考えた。詩の本体は言語としての構築性とかそこに内在する感受性にあると主張しながら、彼らは「荒地」の詩人たちにあったような、政治性を否定する政治性をも否定する。つまり戦後左翼的なものに対する否定を否定するから、その結果、戦後社会に一般的な、緩やかで稀薄な左翼性を帯びることになります。決して政治的にふるまっているつもりはないのだが、いろんな場面で彼らの緩やかで稀薄な左翼性が表面に出てくるのです。

この間たまたま、あるシンポジウムで一人の発言者が吉本さんの戦争責任論にふれて、たとえば壺井繁治は戦争中に「鉄瓶の歌」を書いた。そこでは鉄瓶に対して、おまえは、今から熔鉱炉へ行って、熔かされて、武器になれ、と述べていた。ところが戦後になって書かれた「鉄瓶のうた」では、同じ鉄瓶が家庭の団欒と明るい希望の象徴になっている。その発言者は、これは指示性として、イデオロギーとしては反転しているけれども、感受性の自己表出として同じものであり、連続しているのだから、詩としてみた場合これでいいのだ、という言い方をしたのです。この発言者は吉本さんの「詩の自立論」を肯定的に参照して、そう語っていたわけです。「詩の自立論」は、たしかに受け止め方によってはそういうところまで行く。詩としての感受性の本体が連続性をもっていれば、それがどういう政治性を持っていようと構わない、というところまで行くわけです。

ところが、吉本さんが壺井繁治に関して言ったのは、それとはまったく逆のことでした。詩を取り囲む政治的なコンテクストが大きく変容しているのに、そのことにまったく無自覚に、詩を、連続した同じ抒情の質のなかに放置した。政治的な感覚を欠損させた、蒙昧な感受性によって詩を成り立たせた壺井繁治を告発した。つまり吉本さんの主張は、「詩としてよければそれでいい」という行き方だけでは「詩としてよくない」ということだったわけです。このことは一九九一年の湾岸戦争の頃、吉本さんがわれわれに繰り返し言っていた「文学だけでは間違う」という言葉にそのままつながっているわけです。

▼指示表出と直接話法について

瀬尾　だから、ここには自己表出の基軸だけでは覆い切れない問題領域がやはりあるのです。指示表出というものが独自にもっている問題があるんだと思います。吉本さんは、文学作品の価値は自己表出性の高度によって取り出すことができると言った。このことを指示表出の問題に置き換えると、戦争権力への加担も否定するし、共産党への加担も否定する、という詩の自立性を「行使する」ような指示性がどこかで求められているのです。言葉として直接語られている場合も、まったく語られていない場合もあるのですが、権力にも加担しないし反権力にも加担しない、という指示表出が問われる場面があるのです。

『言語にとって美とはなにか』の中では、このことがクリアになっていないと思う。そしてそれは曖昧なままで受け入れられてきた。それが現在何をもたらしているかというと、「詩としてよければそれでいい」という共通了解を持った詩人たちのコミュニティができているんだと思う。指示性はいっさい問わない。指示性はどうであってもよいから、詩としてよければよい、というところで共通了解を成り立たせている詩人たちのコミュニティができているんだと思います。つまり政治的なものに対する中途半端な否定が、かえって人々のなかに曖昧に広がる心情の共同性に同調してゆくような政治性を作り出しているわけです。

このことには感覚的にとても違和があります。でもそれをあまりいうと、逆にこちらが硬直した政治性を帯びることになるから思わず口ごもるのですが、とりあえずぼくの問題意識だけを言うならば、詩には直接話法という局面があるんだ、ということになります。詩は公開される言説なんだから、その内容がひとつの思想としてある言論的な位置をもつということを避けられないんだ、ということです。そして詩もまた言論のなかで位置を持つ、ということを引き受けないかぎり、外から見ると、詩の世界は一体何をやっているんだという話になるわけです。詩の世界は一義性を強要しない多義的な世界なのだけれども、それをそれ自体で囲ってしまって自己肯定したら、一義的な概念の世界に対して何の異議申し立てもできないし、何の作用も及ぼさない。詩を書くことの動機自体が失われてしまって、ただ囲われている世界のなかのゲームだけが残されるということになるでしょう。そして現在のところ、実際にそうなっていると思います。

たとえば、詩の世界で「悪」を振舞ってみせる人がいるとする。それを読んだ人は腹を立てる。その詩を叩き付けたいと思う。もしそんなことが起こったら、その反応はまっとうなものだし、その詩は勝利したことになるはずです。ところがそうはならない。詩の世界のなかでは、この「悪」は詩的表現の内在的な問題であり、それが詩的表現の強度を作っている。だからこの「悪」によって詩は表現としての高度を獲得している、と「評価」されることになる。詩を書いている本人も同じで、自ら「悪」を振舞っていながら、それを否定する読者は、詩がわからないやつだ、と考える。私はこの「悪」を詩として書いているのだから、そのように高く「評価」されるべきだ、と主張する。描かれた「悪」は、こういう具合に、現実に対して指示性としての機能を奪われてゆくわけです。

そうすると、指示表出について考える場所はもうどこにもないわけです。何を言っても、それは詩的な感性の様式、詩的な言葉の様式として、あたりさわりなく、やわらかく「評価」され、詩史的な時間のなかにうまく位置づけられて終わりです。そのことが詩を深く損なっているし、無力化している。それは詩や文学の自立ということが、これまで曖昧な形で受け取られてきたことの結果なんだと思う。そしてそのこと自体が、つねに人々の曖昧な心情的共同性に同調してゆく、稀薄ではあるが根深い政治性を生み出しているわけです。

▼指示表出性をめぐる問題

――なるほど。自己表出・指示表出と、直接話法の話しとは、そんなふうにつながり、『言語にとって美とはなにか』への批判になっていくわけですね。なるほど。私がこれまで目にした限りでは、『言語美』に対する本格的な批判としては初めて深く納得のゆくものでした。それでお話を伺っていて、直接話法、指示性ということで思い浮かんだのが、湾岸戦争のあとの藤井貞和さんの詩集です。藤井さんはご自身の詩を「クソ詩」と言われているんだけれども、あれはまさに直接話法として書かれた詩ではないかと思ったのです。ところがその藤井さんと瀬尾さんは、あの時期激しく対立していたわけですが、この辺の問題はどうなんでしょうか。

瀬尾　『言語美』そのものに対する、というより、『言語美』の提出している問題を曖昧に受け取ってきたことの問題だと思います。なぜなら「指示表出性」という概念、「立場」という概念は、ほかならぬ『言語美』によってはじめて提出されているわけですからね。そういう概念をわれわれは受け取らずにきたということです。

藤井さんは自分の詩のことを「クソ詩」と呼び、価値のことは問わない。意味だけを受け取ってくれ、と主張したわけだから、これは直接話法の提起であり、そこでの「意味」は明示された通りのものでした。藤井さんはそのようなものとして詩は力をもつべきだと言った。それにたいしてぼくは「詩は無力だ」という認識にこそ戦後詩の存在意義があるのだ、と言いました。指示性を問題にするなら、加担性をもたないような指示性――権力にも加担しなければ反権力にも加担しないような指示性になっていなければならないと思う。つまりそれこそが「詩が無力である」ということの意味であり、その「無力」を実践し、行使することだと思うわけです。

――少し確認したいのですが、瀬尾さんは、指示性で読んでほしいと言われました。そして、瀬尾はなんということを書いているのだ、けしからん、という議論があってしかるべきだとも言いました。指示性として読む、つまりは意味として受取るということですが、しかし一方、瀬尾さんがいまの詩の現状に苛立っているのは、むしろ価値をめぐる対立がない、ということなのではないかと感じたのです。けしからんのかそうでないのか、という議論は価値をめぐる議論であり、これはひどい、と詩を叩きつける行為は、価値的行為ですよね。湾岸戦争に対する判断にしても、国際社会において正当性をもつという瀬尾さん、もたないという藤井さん。これは価値をめぐる対立です。ところが瀬尾さんは、指示性をもっと問題にしなくてはならない、と言われる。私の理解がちょっと混乱しているのだと思いますが、ここはどう整理すればよいでしょうか

瀬尾　ある言論をめぐってこれはけしからんとか、詩を叩きつけるということは「意味的」な行為であって、「価値」の問題ではないと思います。湾岸戦争が国際社会における正当性を持つか否かという議論は詩の「価値」ではなく、「意味」をめぐる議論です。そういう議論のための場所がどこにもないと言っているわけです。もちろん『言語美』では、もっと周到に、価値というのは自己表出性から見られた表現の全体であり、意味というのは指示表出性から見られた表現の全体のことを指す、と書かれていますけれども。

『戦争詩論』では、最後の部分でそのことに触れています。《詩的なもの》と《非詩的なもの》という主題は吉本さんの「ラムボオ若しくはカール・マルクスの方法に就いての諸註」から引きました。そういうところから『言語美』以降の詩の自立論を相対化しようと思ったのです。

「ラムボオ若しくはカール・マルクスの方法に就いての諸註」では、《詩的なもの》と《非詩的なもの》はどういう構造になっているのかというと、まず《意志と情熱の身体》というのが表現的なもののサブスタンス（基体）としてあります。それが無媒介に、直接性として言語の中に出現するとすれば、これが《詩的なもの》です。これは「存在」の表出、「存在」そのものの噴出と考えてもいいです。それに対して、いったん社会的な空間に身体を反転させて、社会との関係の中で発言を成

り立たせる場合、それが《非詩的なもの》であることになります。

これは多義的なままで出現し存在を主張する言語と、概念的な一義性として成り立っている、社会との関係を前提とした言語との関係になっている。人間は「存在」と「社会」とから二重に疎外されて個体になっているのですが、個体において「存在」が直接に噴出している場合はこれを「詩的」と呼び、「社会」との関係で発語が成り立っている場合は、これを「非詩的」と言う。そしてその二つのものの関係は《逆立》と呼ばれている。発語する主体が反転しているからですね。主体がひとつの直接性であるという場合と、社会的なもののなかに登場人物として入っていって、そこから発語するという場合、という関係が《逆立》である――つまり反対向きに同じである、と言われているわけです。

言論の言語のなかでは、指示性が支配する。詩的な言語のなかでは自己表出性が支配する。しかしこの二つは反対向きに合同です。両者が拮抗しあうというところでは、詩的な言語は、言論の言語に対して指示性として自己主張するし、言論の言語のほうは、詩的な言語に対して自己表出性として自己主張する。《意志と情熱の身体》が両者の共通のサブスタンスだからです。

だから詩のほうから言えば、詩はもっぱら自己表出性に仕えているけれども、この表現が、指示表出性を中心として語られる言論のなかで、どういう意味（指示性）を持つかということが、自覚されていなければならない。つまりそれ自身は言論の言語ではなくても、それが指示的な言語の世界のなかでどういう指示的位置を持つかを、いつでも語れるようになっていなければならない。そうなっていてはじめて詩の言語は、言論の言語に対して自己主張できたことになる。つまり正しく

《逆立》できたことになる。つねに指示的な言語の中での自分の位置を語れるということを、あの文章のなかで《エアツェールバールカイト（語りうるということ）》と呼んだのです。

▼一義性の言語から守られなければならない領域

――最後にもう一度、レッサーパンダの青年の話題に戻させてください。私が、『自閉症裁判』の青年の内面性は『母型論』と対極にあると言ったことに対して、瀬尾さんから、そうじゃない、同じなんだという反論がありました。その同じだという理由として、吉本さんの言語論が西欧的なそれとはまったく異なるものであり、そして言語観の原型には強い障害感があることだ、と指摘されました。大変スリリングでしたし、瀬尾さんの指摘にはまったく異論がないどころか、教えられるところが大でした。

それからもう一つ瀬尾さんは、一義性の言語から守られなければならない領域があるとも言われたと思います。つまり瀬尾さんのほうは、彼の言葉の自己表出性がどう守られるべきかという着眼であり、私のほうは指示表出のほうから、あの青年の言語を救いたい、社会的な位置づけを与えたいと考えている。その違いがあるのだ、という言い方はできませんか。

瀬尾　そうだと思います。詩的な言語のほうから言えば、自らが社会的な言語のなかでどういう位置を持つか、ということが自覚されて「言えるもの」になっていなければならない。それとおなじように、社会的・法的言語から言うならば、一義的には社会的な意味を持たない、自己表出にもっぱら仕えている言語に、社会的なもののなかでちゃんと位置を与えていなければならない。それが正しく《逆立》しているということなんじゃないでしょうか。領域として別である、ということではない。同じサブスタンスをもち、おなじ領域を占有しているのだが、逆向きに合同、あるいは合同であるが逆向き、ということです。『戦争詩論』ではこのことを

> 人間の意志的・情熱的身体が、実在の言語の中へ直接に出現することとしての詩は関係が存在に先行する「社会的な空間」を考える非詩的な思考と対峙している。この二つは二者択一的に対立しながら並存する二つの原理である。

と書きました。《二者択一的に対立しながら並存する》という言い方をあらためて強調したいところです。法的言語は、そんなものは認めないよ、というかもしれない。一方では、Y君の内面の論理は、法的言語はどうだって構わないよ、おれは一生監獄の中で暮らしても、一向に構わないよと言っているかもしれない。でもそれは領域として分離されているわけではない。Y君が法的言語を認めなくても身体的に拘束されているように、法的言語もまた、自分とは相容れないものとしての詩的言語と現実に並存しなければならないわけです。

▼吉本隆明の最終の課題

瀬尾　最初のほうで佐藤さんが、吉本さんが最終的に決着をつけようとしていることは何か、という主旨のことを言われたんですが、その問いに答えるためには、吉本さんが《逆立》という言葉に

こめている二つの意味を区別する必要があります。

《逆立》の第一の意味は、いまのべたような、「二者択一的に対立しながら並存する」二つの表現のありかたに関して言われます。個体としての人間の存在は、対立しせめぎあう二つの表現のありかたによってテンションを与えられて屹立している。ところで《逆立》という言葉には、もうひとつ別の位相があります。それは、こうして屹立させられている個体としての人間の存在が、それを溶融し、反転させるような審級（共同幻想）へ転写されるときに起こる事態です。このとき《逆立》という語は、個的幻想と共同幻想はかならず逆立する、この逆立は究極的には、共同幻想が個的幻想のなかに取り込まれることで解消されるべきものだ、というように語られます。

この場合の《逆立》は、「詩的なもの」と「非詩的なもの」との緊張をはらみながら「主体」として屹立している人間個体（すなわち個的幻想）を、あたかもそれを上回るような心情的な共同性という審級へ移し変えるような「個体溶融」のことを意味しています。これは歴史的には教会・教団・王権・国家というようにたどることができます。これらはいわば《逆立の逆立》、「疎外」の「疎外」ですから、ほんらいの原型的な《逆立》関係のなかへ奪いかえすことができます。詩的なものと非詩的なものを、個体のなかで激しく逆立させ、緊張させればさせるほど、共同幻想が持つこの擬似的な超越性は、その個体の強度のなかに解消されてゆくことになります。

このことを言語表現について考える場合に重要な意味を持つのが、『戦争詩論』のなかでは「詩人の名前」という言い方をしたのですが、つまり個体の名前です。一人の人間の署名は、詩的なものと非詩的なものがせめぎあっている原型的な《逆立》の現場の所在を示します。そして一人の人間によって書かれ、単独の署名をもった言語表現が内包する超越性が、すべての共同幻想が持つ超越性を上回るということが、文学表現にとっても言論表現においても決定的な意味を持つ。吉本さんは、いわば単独で書かれる言語表現の内在的な力だけで、あらゆる共同的な表現の、共同的であるがゆえの力に対して戦ってきたわけです。

文学者の戦争責任の党派的追及や、文学者の反核署名運動や、湾岸戦争反戦署名や、オウムバッシングへの文学者たちの加担などに対する吉本さんの絶対的な拒絶は、ひとつにはそれらの主張が世界認識として誤っているからですが、同時に、言語表現についての究極的な理念からやってくるわけです。政治と文学、文学者の現実参加、というような観念はすべて、心情的な共同性（共同幻想）の審級へ移し変えるような「個体溶融」のことを、あたかも存在からの直接の表出であるかのように見せかけ、そのことによって、《逆立》という語が二重にはらんでいる差異と重層性を押しつぶすところに発生するわけです。ある政治的なアピールのもとに個々の署名を並べる、ということや、ある政治的な主張のもとに個々に署名された作品をならべてアンソロジーをつくるとか、社会的な実践のかわりに、デモやシュプレヒコールやシンポジウムやイベントのようなものを政治的行為・現実参加に置き換えている錯誤や欺瞞、それを支える擬似宗教性は、文学的表現の成り立ちから見れば、原理的に否定されなければならないということです。

そこで最初にのべた「直接話法」の話に戻ってくるのですが、最後に問題になるのが、さきに述べた、《文学作品は、「自己表出性」をその本体としているが、それが「社会」に向かって公開される部分では「指示性」として開かれている》という部分です。文学作品・詩作品が不可避的に帯びることになるこの指示表出性を、言論空間に拮抗しうるほどに、「詩的なもの」のなかから「非詩的なもの」にむかって突き出す。このことが一人の個体をなりたたせている「詩的なもの」と「非詩的なもの」との《逆立》に決定的な強度を与えるだろう。存在からの直接の噴出の通路となっている人間個体の屹立が、共同的なものが帯びる擬似的な宗教性を上回るような超越性を獲得する、ということが詩作品の究極の理念になるわけです。

(〇七年三月一日　東京・四谷「ルノアール」にて収録したテープ原稿に、大幅な加筆・訂正の上掲載しました)

第3章

全体性の認識と文学の主張する場所

▼文学はどこで存在を「主張」するか

――まず、なぜ今回の「樹が陣営」（現・飢餓陣営）で吉本隆明さんの特集を企画したかということからお話ししたいのですが、それは、なぜ瀬尾さんにお話をお聞きしたいと思ったかということと密接に連動しています。どういうことかと言いますと、9・11世界同時テロから一年半ほど過ぎたわけですが、その後、アフガン戦争、北朝鮮問題、そして今回のイラク戦争と、世界史的な事件が続きました。「戦争の時代」になったのだと、ことさらヒステリックに言上げするつもりはないのですが、しかしたとえばアメリカは、まだまだ覇権国家路線を取り下げないでしょうし、対米追随の日本は、北朝鮮問題を契機に中国などとそうとう難しい関係になっていくのではないか。あるいは国連はアメリカによって有名無実化されましたし、だれの目にも、国際的緊張はしばらく続くだろうことは予測できるわけです。

ぼくは文学の徒であると自認しているわけですが、いま、完璧に文学などお呼びではない、そういう状態になっていますね。むろん国家規模の異変の際、文学などは無力です。無力であることが文学の矜持であり、力である、と思ってきました。だから十年前の湾岸戦争の際の、「鳩よ！」が企画した「湾岸詩」に対する瀬尾さんの対応にはとても共感を覚えました。けれどもいま、文学など無力だと言ってのけているだけでは、ダメなのではないか。しかし、ならば自分はどういう言葉をもっているのかと考えると、どうにも納まりがつかないのです。

瀬尾さんは、「戦争詩論」をずっと書き継いでおられるわけですが、そこでは、詩は戦争の前にあっては無力だ、という一義的なことを言おうとしているのではない。どう言ったらいいでしょうか。第二次世界大戦の際、なぜすべての詩人が戦争の前にあって無力だったかを解明することで、詩と社会、あるいは詩と世界全体の関係を問うているのではないか。だからそれは、詩作品への論及ではあるけれども、たんなる詩論でも作品論でも詩人論でもない。ぼくは一度『現代詩手帖』に書かせてもらったのですが（二〇〇一年五月号「戦争詩論への序―瀬尾育生の現在的方法」）、十分理解したとはとても言い難い。しかし直観としては、ぼくの立ち至っている納まりのつかなさに対し、非常に重要な示唆があると感じるのです。

そしてこうした時代であればこそ、吉本隆明という思想家をもう一度読み返してみたい、ということですね。戦争というものが、人間になにをもたらすのか。詩や文学、思想といったものが、「戦争の時代」にあって何か力をもちうるものなのか。力をもつためには、何をどう考えるべきなのか。おそらくそうしたことを、吉本さんは終生のテーマとしてこられたのではないか。

それでいきなり戦争とはなにか、というわけにもいかないので、もうひとつ補助線を引きますと、いまや完全に実務の時代になったということです。だから、いま受け入れられているのは、情報と情報の整理、そしてマニュアルとハウツーです。文学なんかは閉域に押しやられている。社会評論や社会的事象を語る思想の言葉も、実務性に挟撃され、いくらおためごかしの言葉を持ち出してきても、現実感覚を欠いたものは、もはやものの役に立たない。そういう感知が強くあるわけです。

というわけで、今日は瀬尾さんがいま考えておられることと、吉本思想の全体像がうまく響き合うようなお話が伺えれば、と考えてお願いした次第です。

瀬尾　「文学の無力」ということや、その理念自体の限界について、現在ぼくも佐藤さんと同じような感じを持っています。このことは、添田馨さんと『現代詩手帖』でかなりくわしく話しました（二〇〇三年五月号）。いま佐藤さんは「実務の時代」という言葉を使われたのですが、詩の問題として言うなら、今問題になるのは詩における「直接話法」の問題だとぼくは思います。つまり詩はたしかに虚構だし、作品なのだが、そのなかに「私はこう思っている、だからこう言う」というレベルがあるでしょう。その部分を詩がどんなふうに行使できるか、ということだと思うのです。

これまで「実務的なもの」に対して、文学は「虚構だ」ということによって、自分のテリトリーを守ってきた。そのことを前提として文学や詩は動いてきたのですが、今となってはこのことは、何かわれわれにとって大切なものを守っているというよりは、文学とか詩とかいうジャンルそれ自体を守っているといったほうがいい。なによりもまず「虚構である」ということによって詩から倫理的判断が留保され、また政治的な意味も問われなくなった。あとは言語表現上の「厚み」や「深さ」といったものだけが、詩の価値として測られてきたわけです。けれどもこういう意味での詩の価値は、もはや誰にとっても意味がなくなっている。もし詩がそんなものなのだとしたら、現在の言論の世界のなかでは、詩も文学も、文字通り「要らないもの」だというしかない。必要なのは情報か、新しい「ものの考え方」のほうだ、ということになってしまうと思うのです。

詩や文学は「虚構である」ということを、単なるジャンルの自己肯定のために使うべきではない。それはもう詩のためにもならない。「虚構である」ということの意味自体が変えられなければならないと思うのです。「実務的なもの」も「虚構」も含めて、言葉の意味が問われるのは、書かれたものが発表され、人々に向かって開かれる言論の場なのですが、そこで詩が存在を主張できるためには、「直接話法」というレベルが確保されなければならない。詩も公的な言論のひとつなのだから、それがなにを語っているのかということが、普通の言論の場で試される必要があると思う。いいかえると詩が自分自身の「直接話法」に出会えるのは、言論という場に投げ出されることによってだと思うわけです。「虚構」であることは「直接話法」に、詩に固有なしかたで強度を与えるんだと思います。

▼詩の「直接話法」について

――いま、我が意を得たり、という感じでうかがっていたのですが、瀬尾さんの言われる詩の直接話法というのは、現実的有効性ということとも違うものですね。ぼくが実務性に拮抗しうる表現を、というときにも、現実的マニュアルとして使えるかどうか、実効性があるかどうかということだけで測っているのではないのです。ぼくの場合は精神医療やらハンディキャップの問題、犯罪についての批評が当面の場所なのですが、思想として十分存在を主張できる。同時に現場の実務家にも響く。そうした批評を思い浮かべているわけです。すでに添田さんとお話しされたということですが、「樹が陣営」の読者のために、「詩の直接話法」についてもう少しお話ししていただけませんか。

瀬尾　ぼくも現実的有効性を言っているわけではありません。佐藤さんが言われたとおり、思想として十分に存在主張できるか、現在のリアリティに拮抗できるか、というようなことを考えます。「直接話法」というのは、一言でいうと、作品の言葉が言論の空間にむけられたとき、「発言」として何らかの意味を持ちうるか、ということだと思います。詩的なディスクールが、詩というジャンルの内部で——詩の表現の歴史への帰属によって——守られているだけではなくて、公開的に、誰に対しても開かれた言葉になっているということですね。

でもこういうことは、別にことあたらしく言うようなことではなくて、じつは、戦後初期の詩人たち、鮎川信夫さんにしても吉本さんにしても、谷川雁にしても、ごくあたりまえに実現していたことだと思うのです。そういう人たちは、一人の独立したインテリゲンチャであり、その人たちの発言は言論の世界のなかでちゃんと場所をもっていた。そういう人たちが自らの表現として、詩という形式を選んでいたわけです。

ところがそれ以後の世代の詩人たちは、存在の様式がまったく変わってしまった。戦後第三世代から後の詩人たちは、いわば「詩人というもの」になり、詩人的な感性で詩的言語を操る人になったのです。こういう詩人たちの登場のおかげで、現代詩は、外部から口をはさむことが出来ないような固有のテリトリーを持てるようになったけれども、同時に詩の外に向かって何も発言できないものになった。これらの詩人たち自身も、もはや第一線のインテリゲンチャではない。詩人的な、独特な発想をする存在として面白いかもしれないけれども、「詩人」というカッコに入れなければ、その発言は通用しない。そういう存在に変わってしまったわけです。

だから今になってあらためて、詩的な表現における「直接話法」ということを言う必要が出てきたんだと思います。この作品は詩の歴史の「内部」では、これこれの必然性があって出てきている、というような、詩の世界の「内部評価」をやめること。そして世界に飛び交っている言論のなかに詩の言葉を直接に置いてみる。そのとき詩の言葉がそこで位置を主張しうるかどうか、ということだと思います。

――なんか、ますます瀬尾さんの作品から目が離せなくなってきました（笑）。

▼倫理のあり方と世界認識の問題

――次に吉本さんについてお聞きしたいと思います。まず吉本思想の全体像と言いますか。瀬尾さんご自身、端的に言って吉本さんの思想についてどんな感じをもっておられますか。体験的なお話からはじめていただいても結構ですし。

瀬尾　体験的なことからいいますと、吉本さんの本に出会ったのは『自立の思想的拠点』が最初でした。大学に入ってしばらくしたころ、寮の先輩の書棚の中に隠然と、と言うか、オーラを放つような感じで、埴谷雄高の『濠渠と風車』なんかとならべて置いてあったのを思い出します。それに刺激されて『自立……』からはじめて、『擬制の終焉』『芸術的抵抗と挫折』『カール・マルクス』『初期ノート』あたりを読んでいったと思います。

そのころ、なにを吉本さんの本から受け取ったのか。六七、八年という時代でしたから、あたりいちめんに政治的な言語や外在的な倫理が飛び交っているというふうでした。こういう「悲惨」がある、それに対するこういう「正義」がある、なぜお前はこれに加担しないのか、という強迫的な倫理がいたるところに待ち伏せていて、気がつくと自分でもそういうことを口にしていたりする。そういうところをどうやって切り抜けて人と関係を結んでいったらいいのかが、とても難しかった。

そんな時期が高校の三年生ぐらいから何年か続きました。そういうときに、倫理というものは、そういう形でなくともありうるんだということを教えてもらったんだと思う。それが最初の大きな吉本体験ですね。倫理は外からくるものではない。強迫的に外からやってくる倫理は、じつはあまりたいした内実をもっていない。もしほんとうに思想が実質を持っているならば、それは内発的なところから倫理を構成できるんだ、ということを教えてもらったんだと思う。

外在的な倫理はそれ以後もさまざまに形を変えて生き残っています。六七、八年以降、それは純化されて連合赤軍に行きつくわけですが、そういう過程であまり傷つかなかった部分が、その後、反核運動やら湾岸戦争などのたびごとに、くりかえし復活してくる。いまではアカデミズムのなかにポスト・コロニアリズムとかネイション批判とかの形で生き延びているのですが、倫理の形としてはまったく同じものだと思います。当時の言葉に置き換えれば、それは「スターリニズム」だといえばいいわけだし、「民青だ!」(笑)といえばいいようなものなんだけど、それが絶えることなく現在まで続いている。

この外在的な倫理は、日本の思想を根本的なところで損なっていると思う。なぜなら思想は内発的な倫理の形になっていないと、人間の関係の場とか、その共存の論理というところへ届くことができないからです。もちろん、ただたんに外在的だからというので、それらを拒否できるというわけではない。それと戦うためには思想的な構えが要るし、世界認識、全体性の認識もいる。そういうものがないと抵抗できないし、必ず自分も足をすくわれてしまうということですね。思想の体系化とか、構築性とかが、外在的な倫理と闘うためにはどうしても必要になるんだというようなことを含めて、そういうものとどうやって闘うのかという道筋を、吉本さんに教えてもらったんだと思います。

当時は反権力意識や反米意識が、自然に社会主義圏への加担に流れ込んでゆくというふうでした。それに対して、『模写と鏡』のあたりの米ソ冷戦論にもその骨格がはっきり現われていると思うんですが、社会主義が優位だということもないしアメリカ資本主義が優位だということもない。どっちなのかと迫られたとき、どちらもだめなんだ、という位置を取りうるということ――自分の固有の場所で、内発的なものから自分の加担の倫理を構築してゆく道があるんだ、ということをやってみせてくれたということですね。

倫理があれかこれかを迫るときに、どっちもダメだと言いきること、そして内発的な倫理の場所を確保すること。それは現在で言えば、アメリカにも加担しないが、「反米意識」にも加担しない、というような形に繋がっているんだと思います。じつをいうとぼくは「反帝・反スタ」というコトバが――政治的なスローガンとしては一つの党派性にしかならないとしても――日本の戦後が生み出したもっとも重要なキーワードの一つだったんじゃないかと思う。国際的な条件、地政学的な条件があって、ドイツを含めた西欧でも、東欧でも、アメリカでも、ここまで突き詰められることはなかった。世界的に言っても「反帝・反スタ」ということが、日本の新左翼におけるほど思想的に徹底されたところは他にない。すくなくともその点では、どんな外国の思想に対しても日本の戦後思想は優先権を主張できると思う。そして日本ではそれを、吉本さんがいちばん深く、遠いところまでやったんだと思います。

▼全体性──「寓意」と「全体喩」について

──吉本さんの思想を考えるときに、いま瀬尾さんが言われた全体性認識、世界認識ということが最初のポイントになるかと思うのです。吉本さんは「文学だけでは間違う」と再三言われてきました。戦争体験というものがあって、そこで、それこそ外からくる政治倫理に、自分が価値だと思っていたもの、秩序だと考えていたものが、根こそぎやられてしまったという体験に遭遇する。そして戦後の政治と文学の論争を経て、『共同幻想論』『言語にとって美とはなにか』『心的現象論』のいわゆる三部作へと踏み込んでいかれる。

言ってみれば吉本さんのお仕事は、内在する倫理などひとたまりもなくさせてしまう力に対し、端的に言えば戦争に代表される「大状況」の力だと言っていいと思うのですが、それにどう抗することができるか、ということが、吉本さんの終生かけて追求してこられた主題だったと思うのですね。そうすると、「文学だけでは間違う」という吉本さんの言葉をもう一度考えてみる必要はないか、とずっと考えてきたのです。

一方瀬尾さんは、先ほども話したのですが、「戦争詩論」を書き継いでおられる。このお仕事は、詩論でありながら、従来の詩論という枠を超えている。戦争期の詩人は戦争によって内面をつくられ、その詩の主格をつくられている。それはどの詩人も免れていない、と書かれている。まさに世界とはなにかという全体性への問いが、「詩とはなにか」という問いそのものであるような、詩への問いが世界全体への問いでもあるような、そうしたお仕事なのではないか。

その瀬尾さんが、吉本さんが「文学だけでは間違う」と言われたことをどう受け取っておられるか。この点はいかがですか。

瀬尾　そのことについても添田さんとの対話の中で話したんですが、湾岸戦争のあと、吉本さんにお話を聞く機会があったのです。そこで、それまで自分が理解していなかった吉本さんの考え方に気づかされた。つまり吉本さんにおける「内在的」ということの意味が、ぼくが受け取ってきたものとはちがっているということに、気づかされたということがあったのです。

さっき話したように、外在的な倫理に対して内在性をどう対抗させるか、という道筋で、吉本さんを読んできた時間が長かったものですから、湾岸戦争のときもぼくは、自分がまったくの大衆として、身の丈でものを考えるということ——たとえば詩を書くにしても、文学の語り手としても、身の丈で語ることが大切だと考えていたのです。そこに湾岸戦争がどうこうという世界大の問題を入れる必要はない、身の丈でプライベートに語ることで世界と拮抗できなければだめなのだと思っていた。それでお会いしたときに、そういうことを吉本さんにも言いました。そのとき吉本さんは、はっきりと、それは違うとおっしゃったんです。

これはあの頃、吉本さんが僕たちの年代の人間にむかって、いちばん伝えたかったことだったんだと思います。吉本さんは当時、くり返しいろいろなところで「文学だけでは間違う」という意味のことを言っています。どんなに詩人が内的に誠実に語っても、どんなに文学的な方法に忠実であっても、そういう「語り」自体を外から来て全部掻っ攫っていくものがあるんだ。そういう「全体性の次元」に対する防御は、たんなる内在性からは取り出せないんだ。だからこそ全体認識は必要だし、世界認識も不可欠だ、戦後ずっと、自分はそう主張してきたんだ、と言うのです。

そういう吉本さんの言葉をどう受けとめたらいいのか、あのときからあと、いろいろ考えてきました。『二〇世紀の虫』という本の中で考えた「寓意」という概念も、その過程で出てきたものです。あれは二〇世紀前半のヨーロッパを舞台にしていますが、詩作品の言語は、たとえ作者がどんなに無意識にそれを書いていても、そのときの世界構造との間にある寓意的な構造をもってしまう、ということについて考えたのです。このことは詩を実際に書いたり読んだりしている人間なら誰でもひそかに感じていることなのですが、それをうまく言い当てることができなかった。ぼくはそれを「寓意」と呼んだのですが、これに最も近い概念は、唯一吉本さんの「全体喩」という概念だと思う。

吉本さんが言う「全体性の次元」というものが、吉本さん自身のなかで実際にどういうふうに考えられてきたのか、ぼくはよくわからないんですよ。とくに『言語にとって美とはなにか』以降の吉本さんが、その「全体性の次元」を、具体的にどういうふうに詩や小説の中に読んでいるのかよく理解できないし、具体的な同時代の詩人や詩作品の解釈や評価については、ぼくの考えとまったく食い違うことが多いのです。でもそのなかで『マス・イメージ論』のなかで出てきた「全体的喩」という概念だけは、たしかにこの問題に触れていると思った。それは詩人が詩のなかで世界認識を開示しているということではないし、世界についての明晰な意識をもっているということでもない。そういう「意識から始まる問題」ではなくて、詩人がどんなに無意識であっても、何か「存在的」なところから、詩作品は全体性を映してしまっている、全体性の器になってしまっている、詩はそういうものとして解読することが可能だ、という事態をさしています。

そしてもう一つ、この何年か考えているのが、最初に話した「直接話法」ということ、公的言論としての詩という考え方です。それは現実的有効性とは違う。またたんに世界観や世界認識というような「意識からはじまる」言葉の問題でもない。世界に飛び交っている無数の言論の言葉に拮抗できる何かを、詩の言葉が持っているかどうか、ということです。それはもうリアルな実感として、そういうものを詩が持たない限りは、詩が要らなくなる、消えてゆくということは明らかなわけですから、このことを詩に対して要求することにしたのです。

この概念は、佐藤さんがおっしゃるとおり、戦争詩の捉えかたと関係してきます。詩の言葉が「虚構」として「別次元」に留保されているかぎりでは、戦争詩の責任などという問題を考えること自体、まったく不可能だし無意味です。詩を公的言論のひとつとして捉えるような次元を設定しない限り、「責任」なんていう観念が出て来るわけがないですから。詩の言葉は「内在的」に書かれる。そのかぎりでは、それが「全体性の次元」によってさらわれていくかどうかに、詩は関与しない。だがそれにもかかわらずそこには「責任」が生じるわけです。なぜなら、それは「内在的」に書かれただけではなくて、不定の人々のまえに「公開」されているからです。こういう問題の次元がなければ、この問題は解けないと思うわけです。

▼吉本隆明の「存在する力」

——もう少しこの問題についてお聞きしたいのですが、問い方を変えてみます。

ぼくが、吉本さんがどうしてそういう発言をされるのかわからない、と初めて感じたのが、湾岸戦争の際の憲法九条への発言でした。これは自分の夢であり、日本が世界に向けて発信できる唯一のものだ、というようなことが書かれていたと思うのです。あの時、柄谷行人氏ほか「文学者の声明」を出し、やはり日本は戦争放棄をうたった憲法九条のある国だ、というようなことを言っていた。吉本さんは、あいつらとは違うんだとさかんにおっしゃっていたけれど、その違いがぼくにはよくわからなかった。

そしてもうひとつはオウム事件の際の麻原評価です。吉本さんは、麻原は世界有数の宗教家であり、裁かれ方によってはキリストになるかもしれないともおっしゃられている。フェアを期すためにいいますと、「樹が陣営」14号の小浜逸郎さんとの対談でも述べていますが、ぼくは当時、ミーハー的にいわゆる新新宗教を面白がっているところがあって、そのなかで初期のオウム真理教が、いちばん宗教としての構えをもっているという感じをもっていました。そしてあの時期、宗教や宗教的なものが、ぼくらの周囲にそうとう浸透していたように思います。

たとえば、文学で言えば吉本ばななさんや村上春樹さんの作品、中沢新一さんの書かれるものなど、吉本さんがのちに『アフリカ的段階について』で語られる、人間の生命感や初源性に触れるような作品ですね。それからコミックで言えば『ドラゴン・ボール』や大友克洋の『ＡＫＩＲＡ』など、神話的構造をもっていた。つまり新新宗教が若い人たちを惹きつける理由がそれなりにある、なるほど、と考えていたのです。

けれどもそのことがそのまま麻原評価には結びつかない。麻原はどうしようもないが、オウムのような宗教が出てくるには一定の根拠がある、という言い方であれば納得できるのですが、吉本さんの言い方はそうではなかったですね。ぼくは宗教を軽んじているのではないですし、オウムの出現によって宗教の問題が息の根を止められたとも考えてはいません。むしろかえって厄介なことになったのではないか。けれども麻原への評価は、どうしても腑に落ちないのです。憲法九条と麻原への評価、このふたつはどうしてもわからなかったし、いまもってわからないのです。

それでやや時期を経たものですが、『正論』に掲載された、瀬尾さんの吉本論がありますね（「正論」一九九五年九月号「戦後世代の戦後思想家論」）。まず冒頭を引かせていただきます。

吉本隆明について書こうとすると、一瞬深い失語に襲われるような気がする。それに気づかないふりして書き続けて行くと、何かを跨ぎ越してしまったような感覚がいつまでも残っている。

と書き始められています。そして吉本さんの憲法九条についての発言、「戦後新憲法のなかではただひとつの取り柄のあるもの」でそれを「積極的に主張することだけが、現在の資本主義社会主義『国』を超えて、未来に行けるただひとつの細い通り道だ」とか、九条を目指されるべき「本質言語」として読むという発言。あるいはオウム真理教での麻原評価と推定無罪の刑法原則を踏みにじるマスコミ批判の発言を取り出し、次のように書いています。

憲法九条や言論・刑法の民主主義の原則が、ここではある特別な光に照らし出されている。それらはもはやたんなる現行法秩序の一規定を意味しているのではない。誰もがそれらを相対的にしか考えられなくなっている現在、吉本はあえてそれを、まるで法則や摂理が語られるときのようなある絶対的な光のなかで語ってみせる。こんなふうに絶対性を目の前にしたら、人は一瞬言葉を失わずにはいられない。

そして末尾では、

吉本はそこで、思考というものが普通に展開するならば必ずそうなってしまうしかないこれらふたつの方向（憲法批判とオウム批判におけるふたつの傾向――佐藤）のいずれにも同意せず、その向こうに一つの絶対性を差し出す。ありうべき本質言語としての第九条についてのみ語ること。ただ言論と刑法の民主主義の原則だけを主張すること。絶対性が二つの否定を経て現れてくる。「本質的な言語」とは、私やあなたが語る言葉ではなく、「関係の絶対性」から語られる言葉のことだ。

と書いておられます。そしてこうした吉本さんの言葉を支えているのが、《対象の背後に隠されている中心と自らの中心とを衝突させ、しばしば言語的了解以上のものを「読み取る」。》そのような「読みの力」だ、とも書いています。

おそらく、吉本さんの憲法問題とオウム発言にたいし、こんなふうな光の当て方をできるのは瀬尾さんだけでしょうし、*1 瀬尾さんのこのような吉本さんへの理解というものには、ぼくとは受け取りの違いがあるにせよ、耳を傾けずにはおれないのです。ここはぜひとも詳しくお聞きしたいところです。

この憲法九条とオウム評価について、当時書かれたことを思い起こしながらでも、いまという時点からのご意見でも結構ですので、お話しくだされぱと思います。

瀬尾　憲法第九条についても麻原の評価についても、吉本さんの考え方は、ぼくの考えと違っています。このことについてはだんだん話してゆきたいと思いますが、でも、考えが違っているということは、ただちにそれを否定できるということではない。なぜなら憲法第九条や麻原についての吉本さんの判断は、吉本さん自身の認識や発言の構造自体に、とても深く根ざして出てきていることがよくわかるし、そしてその根源にまでわれわれの目がまだ届いていないことはあきらかだからです。思想についての判断はそういうもので、だからといってぼくは自分の考えを変える必要はないし、変える気もないですが、とにかくぼくたちは吉本さんに関してそういうことが「わかってしまう」のだから、あえてそれがわからないふりをする必要もないでしょう。いま佐藤さんが引いてくださった『正論』の文章でも、書きたかったのはそういうことだったと思います。

たとえば湾岸戦争のあとに吉本さんとお話ししたとき、それは対談というかたちになっていたんですけれども、主観的にはインタビューのつもりでいたんですよ。でもとにかくやってみて「話にならない」という感じがした。つまりこっちが圧倒的に「弱い」のです。あれを読んだ人はみんなそう感じたと思うし、はっきりそう言う人もいました。とにかく「相手にならない」という感じがした。それは吉本さんのいわば「存在力」なんですが、それはそれ以前に何度もお会いして話したときの感じとはまったくちがう。何か、公的な言説の場に出たときとつぜん立ち現われる、圧倒的な「存在力」というものがあるのです。その部分は何なんだろうな、といつも思います。もう少し何度か回を重ねてお話しできれば、なんとか克服できることかもしれないんですけれども。

ぼくはそのときそうとう準備して行ったんですよ。前もって吉本さんの本をたくさん読んでいった。だがそういう言葉の理解を媒介にして吉本さんと話そうと思うと、まったくはずれてしまう。吉本さんは、そこにいないんですね。かえって、ぜんぜん読んでいかないほうがよかったと思った（笑）。吉本さん独特の、言葉に対する関係、というか戦略があるんだと思いました。むしろ吉本さんを追いかけようなどとは全然思っていない人のほうが言葉が通じるんだと思います。そこは吉本さんを読む人がみんな間違えるところだと思うんですが。

▼吉本的直観とその根拠

瀬尾　吉本さんは、概念をつないで考えてゆく、というタイプの思想家ではないと思う。ひとつひとつの概念を規定して、これは他の概念とこうつながる、というような語り方をする人ではない。語

＊1　瀬尾氏はこのとき「樹が陣営」に原稿を寄せてくださっている（15号、「オウム問題についての感想」）。瀬尾氏らしい繊細さと読み込みの鋭さに満ちた論考であり、そこで瀬尾氏は、言論のあり方と知のあり方、社会状況などが、一義的な共同性として席巻してきているが、しかし宗教的なもの、超越的なものは必ず生き延びるし、その場所は与えられなくてはならない、ということを書いておられた。4章として全文を収録した。

られているのは「直観」なのですね。この事象にかんしてはこうなんだ、という直接的で絶対的な直観があって、その直観を配置して全体を作ってゆくんだと思います。だから、われわれが頭で吉本さんの概念を理解したつもりになって、それをいろいろとつないでいくと、果てしなく誤差が生じるんだと思う。具体的な事象にかんしても、吉本さんと同じことを考えているつもりで、果てしなくずれてゆくことになります。

吉本さんには、ことがらに対するほとんど身体的な直観がまずあって、判断が絶対的に定まるんだと思う。そのあとそれを配置して全体を構成してゆく。だから現実とか時代状況に対して、あまり観念的な媒介を入れないんだと思います。だから予測もかなり正確に当たるんだと思う。ただ読み手からいうと、そういう直観を共有できない場合には、まったく接点がなくなる。何を言っているのか訳がわからない、ということになるわけです。

それから、対談のときに受けたもうひとつの印象は、吉本さんという人は、反省しない人だ、ということでした。それは内省的でないという意味ではない。どういうことかというと、たとえば普通の人間だったら、ある事件に対してある判断を下したとしても、その後に状況の変化が生じると、あのときの判断はどうも違っていたんじゃないか、と自分で内心反省してしまうということが、わりと容易におこるでしょう。だけど吉本さんは多分、そういうふうな「ぐらつき」がない人なんじゃないかと思った。ある事柄に対する直観が定まったときに、それは絶対性になる。そしてそれを容易には動かさないんだと思う。

それはさまざまな論争をくぐりぬけ、絶えず闘ってきた人の特徴かもしれません。あるいは敗戦期のような、全体的な価値転換をくぐって自分の思想を作り出してきた人の特性なのかもしれない。自分で自分の直観が違っていたんじゃないかと疑ってしまったら、そのとき自分が決定的に「弱く」なってしまうということがあるでしょう。最初の直観を信じつづけなければ闘ってゆけない。最初の直観というものには、やはりそのときに現場で受け取った絶対的な「根拠」というものがあるわけですからね。その直観の理念的な意味付けには修正があり得るかもしれないけれども、その「根拠」は決して疑わない。それは言葉で闘っていくための不可欠の条件なのではないか。そういうことを、そのときの吉本さんの印象から受けとりました。

湾岸戦争のときの憲法第九条とか、そのあとのオウムの問題ですね。そこで起こったこともそういうことだと思う。ぼく自身についてもそうだったのですが、つまり吉本さんを読んでいる人間が、概念を読みとってそれを組み立て理解したものと、吉本さんのほとんど身体的な直観の位置がぜんぜん違っていた、ということが起こったのだと思います。

▼吉本思想の八〇年代以降について

――吉本さんには基本の原理がありますね。「関係の絶対性」から始まり、「大衆の原像」「自立の思想」「往還の思想」「個人幻想と対幻想と共同幻想」、そしてこんどの「存在倫理」。たぶん基本の軸は一貫しておられる。ところが時代の変貌とともに、前の衣装をどんどん脱ぎ捨てて、新しい衣装を身につけて進んでいくという面があって、こっちがやっと、これはこうかなと思ったときには、吉本さんは次の局面に出ている。またこっちは、ああでもないこうでもないと頭をひねる。なんかその繰り返しでここまで来たという感じがします。だから瀬尾さんのいまのお話はとてもよくわかります。

それで、瀬尾さんは吉本さんの『超「戦争論」』への書評を書かれていますね。[*2] このなかで、吉本さんの思想的ピークはむしろ八〇年代以降にある、と表明されている。そして《現在吉本隆明を語る論者の多くが、一九六〇年代頃までの「初期吉本」に焦点を当てていることに、筆者はつねづね異和を感じてきた。》とも書かれている。おっしゃる通り『マス・イメージ論』や『ハイ・イメージ論』は、敬して遠ざけられているところがあり、どうしてなんだろうか、とぼくも感じていました。『ハイ・イメージ論』なんかは、扱っている領域も多方面にわたっていて、吉本さん独特の語彙もたくさん出てきますし、たしかに読み解くのにそうとう厄介です。

瀬尾さんは、吉本さんの思想的ピークを八〇年代に見ておられるわけですが、そのへんのことを、次はお話ししてください。

瀬尾　ピークという意味でなら、後期の吉本さんのピークは九〇年代以降の『母型論』から『アフリカ的段階について』なんかに象徴される仕事なんでしょうが、それにむかう転回点が八〇年代だったんだと思います。吉本さんには大きな転回期がふたつあった。ひとつは、最初『擬制の終焉』のようなポレミカルな言論の世界で生きてきた人が、六〇年代『言語にとって美とはなにか』から始まる構築的な仕事に移っていく時期ですね。そしてもうひとつの転換期が八〇年代だったと思う。八〇年代のはじめに起こったのはどういうことだったかというと、構築的な言葉ではもはや世界がつかめなくなってしまった。脱構成的な知性を導入しなければ世界との接点が確保できない。そ

れを吉本さんが意識的にやりだしたということだと思います。それまで吉本さんのキーワードだっ

＊2　吉本隆明『超「戦争論」』（上・下）書評：瀬尾育生

現在吉本隆明を語る論者の多くが、一九六〇年代頃までの「初期吉本」に焦点を当てていることに、筆者はつねづね異和を感じてきた。吉本氏の最大の思想的ピークはむしろ八〇年代以降にこそあると思うからだ。この『超「戦争論」』は、そうした成果を9・11同時多発テロ以降の世界大の問題に向けて投入した、「吉本集大成」とも言うべき大部のインタヴューである（田近伸和の質問は、ポイントをはずさず、適確に情報を選択していてすばらしい）。

吉本氏の論にしばしば登場する、謎をはらんだまま読み手の直観を底からさらってゆくような鍵（キー）概念が、この本にも登場する。それは「人間の『存在の倫理』」という言葉だ。人間は誕生し、そこに存在しているだけで、すでに「倫理」を発生させている。すべてのテロ、すべての戦争が「悪」である、と言い得る根拠はここにしかない、と吉本氏は言う。われわれの言論を支配している法的・政治的・社会的倫理の不徹底性が、この「存在倫理」の根源性によって批判されることになる。

現在の世界で、様々な「正義」の対立であると見えているものは、じつは世界史的な「段階」の差に過ぎない。個々の論者たちを批判しながらこの本が繰り返す主張の核心は、自ら戦うことを辞さないが、自らの外にある権力、自らの外にある「正義」によって戦うことは決してしないこと。かつて「自立」「自己権力」というような言葉で呼ばれたものが、そのまま現在に貫かれている。それを支えるのは、国家とは迷妄であり、その段階がいたれば必ず廃絶されるものだという、吉本氏の変わることのない信憑である。それらの前提のすべてに説得されるというのではないが、時計は今も正確に「正午」を指している、と思った。

この本は、過去に国家の滅びをありありと体験した、敗戦国の戦中派という固有の場所をずらすことなく、世界思想の中心に向かって突き出されている。これまでの吉本氏の著作の中でも、もっとも衝撃力の強い、もっともスケールの大きなもののひとつだ。

た「情況」という言葉が消えて「現在」という言葉が現われる。「情況」というのは、感性的なものを含めて自己を中心にして構成される世界ということですね。だがいまや、「世界」の中心軸は「自分」の中心軸と決定的にずれてしまっている。自分を動かさないままで世界を捉えようとすると、はてしなく錯誤することになるだろう。だから「現在」という時間──「もはや～ない」とか「いまや～だ」とかでできた時間──で自分を追いまくるというか、自分を自分の中心から追い出すことによって、世界把握の可能な場所を確保しようとした。そういう戦略だったと思います。

吉本さん自身は『マス・イメージ論』にしても『ハイ・イメージ論』にしても、構成的な思考のスタイルは壊していないのですね。それを壊さないままで、そのなかに脱構成的な契機をくりこみながら、全体の論理をつくっていくというふうでした。あの当時、というのは八〇年代の前半ですが、だれもが脱構成的な知性──ポストモダンとか、ニューアカデミズムとか、サブカルチャーとか、あるいは単なる「無意味な笑い」に見えるようなもの──に侵食されずにはいなかった。誰一人としてそれを免れた人はいないと思います。だれもが何らかのかたちで自分の軸を崩していました。「ポストモダン」は後になると形式的な思考のパターンになってしまいますが、そのころまだ生き生きした現実感覚だった。吉本さんはかなり深くそれにコミットし、なおかつそれを構成的に捉えるという構えも崩さなかったと思います。

ぼくなんかは、そこを構成的な姿勢なしで崩していったので、というか、自分の中の構成的な部分と脱構成的な部分を分裂させたままだったので、あとになって収拾がつかなくなってしまった（笑）。北川透さんなんかもそういうところがありました。北川さんは今も断固としてそのスタイルを続けていますが、とにかく構成的なものを担保せずに脱構成的になった場合には、後遺症が大きかったと思います。ぼくと同じ年代の人たちでも、加藤典洋さんや竹田青嗣さんは、あまりそこにコミットしなかったのですね。彼らは八〇年代にも自分のペースを守ってきたし、自分の軸を動かさなかったから、このころの吉本さんに対してもしっかり距離が取れていたし、吉本さんの核心をいまも「関係の絶対性」や「大衆の原像」の頃の骨格で捉えていると思います。ぼくが違うのは、八〇年代前半にコミットしてしまった部分があるので、その分吉本さんの後期に共感的なのです。

たしかに吉本さんは八〇年代はじめのポストモダニズムに歩調をあわせたところがあったけれども、それはあの時期の「現実感覚」に対してであって、パターン化したポストモダニズムのイデオロギーに対してではない。八〇年代末にその反動のような時期が来て、ポストモダンを呼号していた人々が、とつぜん倫理的な顔つきをし始めるということがありました。それを象徴するのが湾岸戦争の時の「文学者」たちの反応だったのですが、このときには吉本さんは、もう関係的にもその人たちとは離れていた。

しかし吉本さんは、構成的な思考を維持し続けていたとは言っても、一方には確信的に自分を崩して開いていった部分があったわけです。それは吉本さんの個人史的な段階の踏み方、つまり中期から後期へ意識的に移ってゆくという、自己史への戦略というものがあったんだと思う。そこで鮎川さんとの決別のようなものもあったんですね。九〇年代に入ってポストモダンの人たちが倫理的な反動に転じてゆくのに対して、吉本さんは、八〇年代にコミットしたこの「崩れ」の部分、脱構成的な部分を、最後まで肯定しようとした。その後のオウムについての発言は、そういう線上にあったと思います。とつぜん倫理的になった人たちが麻原をはげしく否定したのは、彼らも麻原も、おなじポストモダンの土壌から出てきているからです。吉本さんはそういう動きに同調したくなかった。だから脱構成的なものに大きな余地を与えてきた――ビートたけしとか糸井重里とかにコミットしてきた――八〇年代の延長上で、オウムにあれだけコミットすることになったんだと思います。

▼憲法九条の問題

瀬尾　憲法九条に関して言うと、九五年に「思想の科学」誌上で吉本さんと、竹田さん、加藤さん、橋爪大三郎さんの四人の座談会がありましたね。あれを読んで、佐藤さんと同じようにぼくも、吉本さんの言っていることがさっぱりわけがわからなかったのです。橋爪さんや竹田さんの言っていることはとてもよく理解できる。けれども、吉本さんが何を言いたいのか、さっぱりわからなかった。

時期的にはたぶん橋爪さんが一番早かったと思うのですが、吉本さんの影響を受けた人の中から、吉本さんの思想が前提としている反権力性そのものを疑わしいと考える、新しい立場が現われてきていました。吉本さんの思想には「共同幻想と個的幻想の逆立」とか、「国家の廃絶」とかいう反権力的な命題がつきまとっているのですが、それに対して、権力がなぜ悪いのか、逆立といってもその証拠がないではないか、と言い始めたのは、橋爪さんが最初だったと思う。近代国家の原理を内在的に通る以外に世界に未来はない、と橋爪さんは考えていたんですね。その立場から考えるなら、まずしっかりとした権力をつくることによってしかその先へは行けないはずだ。あの座談会のときも橋爪さんは、国家というものは独立した意志をもち、法をもち、軍隊をもつ、それがなぜ悪いのか、と言っていたわけです。橋爪さんが近代国家の原理に内在したとすると、竹田さんはおなじことを近代市民社会の原理から考えていたと思います。近代市民社会の原理を突き詰めて、そこに可能性を見つけてゆく以外に道はないという主張だったと思います。加藤さんはこの座談会のしばらく前、『世紀末のランニングパス』という竹田さんとの共著のなかで、もう自分は「国家は悪だ」という前提を棄てる、と言っていた。そういう発言がその時期に集中していて、そういう人たちの中に、吉本さんが出てきたのですね。

そこで吉本さんが言っていることは、憲法九条は非常にトーンの高い規定なんだ、自分はあれを「文学」として読むんだ、それは一国の法的な規定でもあるが、同時に世界理念として普遍性を持ってもいるから、世界に向かってこれを主張するのがいい、というようなことでした。どう考えても吉本さんは、マルクス主義の反権力的な大前提をまだ持ち続けていて、権力はゼロになるべきだ、国家は解体されるべきだ、という命題をそこから引き出しているから、ひとつの国が軍隊をもたないということはそのための重要なプロセスであり、憲法第九条だけを切り離して、それを世界理念として肯定しているように見えました。こういう言い方が、すでにそれぞれの仕方で「反権力理念は疑わしい」と思っていた他の三人に伝わるわけがなかった。

あのとき誰もが、吉本さんの言うことは考え方の順序としてもおかしい、と感じたと思います。なによりもまずここで問題になっているのは憲法であって、その憲法の規定としての第九条がどうなのか、という問題なのだから、それはなによりも一つの国家のなかで国民との関係で語られる理念なわけですね。そのなかのある規定だけを切り離して世界理念として扱ったり、まして他の国にたいしてそれを要求することなどできない。たとえばフランスが「自由・平等・博愛」を国家理念としており、それが一見してある程度の世界普遍性を持っているからといって、それを他の国家に要求することはできない。国際関係というのは、個々の国家の理念が互いに違っており、決して一つの統一的な理念に従わない、ということによって成り立っているわけだから、一つの国の国法のなかの理念がどんなによいものであっても、他の国家に向かってそれを主張することは国際関係のなかでは意味がない。それは当然のことですね。そういう理解から言っても、本来の近代国家の理念から、憲法とか国防とかを一貫して論理付けている橋爪さんの考え方のほうがはるかに説得力があるように思えたのです。

ところでそれから七、八年たって、こんど『超「戦争論」』で、あらためてこの問題についての吉本さんの考えに接した。いちばん衝撃を受けたのは、いま言った部分に関して、どうもぼくの理解は違っていたらしいということなんですね。同じことが語られていても、こんどはずいぶん周到な言い方になっている。吉本さんのなかで、このあたりのことは「思想の科学」の座談会以降、ずいぶん考えなおされているんじゃないでしょうか。つまり、なんか逆転ホームランみたいな感じがしましたね（笑）。橋爪さんや竹田さんに説得されて、近代国家の原理や近代市民社会の原理に内在して、そこから先の可能性を考えてゆくしかない、とぼくもここしばらく思っていたんですよ。吉本さんの発想は反権力的な前提を疑っていないからちょっと古い、と思っていた。だけど、どうも吉本さんが言っていたことはそういうことではなかったんだなということに、こんど『超「戦争論」』

を読んではじめて気づいた。それはかなり衝撃的だったですね。

▼「国家を開くこと」と吉本国家「段階論」

――今うかがっていて、「逆転ホームラン」という言葉はちょっと意外な気がしました。というのは、瀬尾さんが最近書かれた文章に次のようなものがあり、これは吉本さんの「国家の廃絶」という考えに対するアンチテーゼなのではないかと受け取っていたのです。最後の部分を引かせていただきます。

9．この国家が自ら意志したことではなく、他のすべての国家との関係がその国家に強制したことがその国家の同一性となる。それが「敗戦国」の定義だ。強制は相互に異質なすべての国家のうちでこの国家がいかなる異質性を受け持つべきかを規定している。国家は特定の世界状態が不可避とする制度だから、その（世界状態の）全体としての変容によってしか消滅することはない。

国家の死は一人の人の思想や一つの国家の理念として主張されてはならない。なぜならそのとき、国家の死（の理念）は国家相互の異質性を消去し、世界に単一のルールを強いることになる（だろう）からだ。みずからの意志に反して他のすべての国家との関係によって強制された異質性だけが守られるに値する。国家が死の条件を整えるのは、国家なしで（も）この異質性が守られる場合だけだ。（「Fragmente」ＧＩＰ13・二〇〇二年十二月号より）

瀬尾さんも言われましたが、吉本さんは、「国家の最終的な解体が世界史的な課題である」とか「国家を開く」と言われます。それが吉本さんの最終的な課題ですね。引かせていただいた瀬尾さんの文章をぼくなりに受け取れば、国家相互の異質性が国家であることの本質であり、それは守られるべきである、というふうに読める。瀬尾さんもそのことを指摘しようとされているのではないか、と読んできたものですから、「逆転ホームラン」というのは意外だったのです。

瀬尾　このことは佐藤さんだけでなく、「樹が陣営」の読者たちとも、いちばん理解が違ってくるところだと思うので、注意深く言わなければならないのですが、ぼく自身はいま佐藤さんが紹介してくださったようなことを考えているわけです。つまり国家をなくしたらたいへんだ、なぜならば国家をなくしたら、世界普遍性がすべての人間を支配することになる。もしも国家を全部とっぱらってしまったら、不均質性を防御するものがなくなってしまうから、世界は均質な法的空間、均質な倫理的空間になってしまう。その均質性を抑圧だと感じる人は、もうどこにも逃げ場がないことになる。だから国家は廃絶してはいけない。国家はそれぞれに自己中心性として維持され、全体として複数性を形づくっていなければならない。つまり国際性ということがメタレベルのない複数性を形作っていなければならない、というイメージになるわけです。

国家はそれぞれに、他の国家から見て悪い理念をもっていても構わない。他の国から見て自由を限定しているように見えても構わない。いろんな国家があるということが大切なのであって、いろんな国家が、最終的に個人にとって選択可能になればいい。あるいは一つの国家の中で制度が個人にとって選択可能になればいい。それがすなわち国家の死滅――「共同幻想と個人幻想の逆立」の死滅にあたるわけです。

　ところで吉本さんの言ってる「国家を開く」とか「国家の死滅」とかいうことは、それだけをとってみると、国家を取っ払って世界普遍性が支配する均質な空間に道を開くことになりかねないように見えます。それは古い世界理念、マルクス主義の世界革命やインターナショナリズムみたいに見える。それに対して、近代国家に内在するとか、近代市民社会に内在するとか言う方法は、まがりなりにも個人の自由を保証し、市民社会の中での欲望の多様性や、市民である限りでの民族や共同体の複数性を保証しているように見える。こうした原理の先に可能性を求めてゆくほうが、世界の未来を構想する上で妥当な選択であるように見えるわけです。

　だがほんとうにそうなのか。『超「戦争論」』をよく読めばわかると思いますが、ここで吉本さんは「国家を開くこと」や「国家権力の廃絶」ということを、近代国家の原理・近代市民社会の原理に対置しているわけではありません。吉本さんがここで近代的な「世界」像に対置しているのは、むしろひとことで言えば「段階論」というものです。つまり「世界」というものは、近代原理によって一元的に出来ているのでもなければ、近代を最上位とするような一方向的な運動によって成り立っているのでもない。そうではなくて世界は現に複数の「段階」からなっているし、これからもそうだ、と言っているわけです。

　近代国家や近代市民社会の原理に内在する、という考え方は、いくつかの段階を経た後でわれわれがいま「近代」に到達している、ということを前提にしています。古典的な世界から中世を通って近代に出てきた。それ以前にはアジア段階やアフリカ段階もあったかもしれない。過去にいろんな段階を経てきたのだけれど、ある必然性によってわれわれは現在、近代的な国家の理念をもち、近代社会のなかに住んでいる。このことを前提にして、ここで獲得されているものを条件にして未来を考えよう、ここを通って先へ行くしかない、という発想なんだと思います。

だがこの考え方の中には、ある一方向性というか、方向の単一性があると思う。この歴史観がどういう世界像に行き着くかというと、国家が法という一義性のもとに個人を包括するように、あるいは市民社会の原理がそのなかにさまざまな欲望主体を許容するように、つまり世界にはさまざまな民族があり、理念があり、文化があるけれども、それらは大きく言えば、複数の要素からなる「ひとつのルール」へ、ゆるやかに行き着く、という世界像になると思う。このときイメージされている世界は、一言で言うと、「複数の構成要素からなる一つのルール」ということです。さまざまな欲望主体の複数性を包括して市民社会の原理が考えられたのと同じように、民族とか文化とか理念とか、そういういろんな多元的な要素を含みながら、それを全部包括するような一つのルールというところへ行き着くんだと思う。

ところでそういう世界像・歴史像に対して、吉本さんがくり返し対置しているのは「段階論」です。「段階としての世界」という考え方。だがこの「段階論」はふつう考えられているものとは違う。とても奇妙なものです。もしも、世界史がアフリカ段階、アジア段階、古典時代、中世等々をへて、ある必然をもって近代国家や近代市民社会に至っているというふつうの段階論的な考え方をとるとしたら、現在の世界はどんなふうに見えるか。そこではどうしても、近代国家の戦争のほうが、イスラム原理主義のテロよりも相対的にまだましだ、というふうになるはずでしょう。国際法によって許容された戦争に比べたら、テロのほうがはるかに悪質な犯罪だということになるはずでしょう。それが普通の段階論だと思うのです。ところが吉本さんの段階論はそういうふうにならない。イスラム過激派のテロも大国の報復戦争も、究極的な場所から見たら「どちらも同じように悪だ」と吉本さんは言うのです。これはいったいどういう世界像・歴史像なのか。

ひとことで言えば、吉本的段階論のなかでは、われわれがいま「近代」にいる、ということは決して前提ではないんですよ。われわれはいまアフリカ段階にもいるし、アジア段階にもいるし、古典時代にもいるし、中世にもいるし、近代にもいる。われわれ自身がひとりひとり、現にそういう「諸段階」なのです。これはヘーゲル的な世界史の段階論というよりも、フーコーが考えた地層としての歴史性、重層性に近いと言ったほうがいいかもしれません。だから吉本さんは、ブッシュのなかにだってイスラムと同じ段階もあるじゃないか、ビン・ラディンのなかにだって近代があるじゃないか、そういう自覚がなくて、自分が文明の側にいるとか、自分が被抑圧者の側にいるとか一方的に主張して自己正当化するのはまったく欺瞞だ、という言い方をするわけです。われわれは、「現にわれわれがそれであるもの」に内在するしかない。では「現にわれわれがそれであるもの」とは何なのか。いま近代国家に住み、近代市民社会に住んでいるからといって、われわれは「近代」の原理に内在すればいい、というわけにはいかない。そうではなくて、われわれはひとりひとり、全部の段階に住んでいるのだから、全部の段階に内在するしかない、これが吉本的段階論なのです。

だから未来の世界像についても、ひとつは第三次産業中心の西欧型、もうひとつはいろいろまざっているアジア的な国家連合、それから第一次産業を中心としたアフリカ的なグループができて、ゆたかなものが一方的に贈与するというような関係を考えている。そういうレベルでは国家の廃絶などは考えられていない。諸国家は西洋近代、アジア、アフリカというような諸段階にあって、未来においても、どこまで行っても、一つの原理で包括されることがない。「諸段階」のままなのです。

ここで何が重要なのか。究極に描かれる世界像が単一なものにならない、メタレベルを持たない、ということが重要なんだと思います。諸段階が併存したままで、段階全部が解放される。外から見て蒙昧に見えるものは、そのまま蒙昧であっていいいし、外から見て専制に見えるものも許容してよいし、他方合理的なシステムもまたそれとして許容される。「さまざまなルールの併存」というイメージになると思うのです。「多数の要素からなる一つのルール」ではなくて「複数のルールの併存」。それが究極の場所です。そういう場所から見るから「イスラム過激派のテロも、大国の対テロ戦争もどちらも同じように悪」ということになるわけです。

ぼく自身はアナキズム・マルクス主義以来の、国家を廃絶する、権力をなくすという発想はたいへん危険なものだと思う。なぜならさっき言ったように、そんなことをすると、世界の複数性・不均質性が守れなくなって、世界普遍性に均質に支配された空間を作ってしまうからです。だが近代国家や近代市民社会の原理を国際社会に延長するというカント以来の考え方も、一方向性というか方向の単一性を持っている以上は、同じような意味でやはり危険だと思う。むしろ吉本さんの「段階としての世界」というイメージが、ぼくの考える「複数ルールの併存」ということにずっと近いと思うのです。こういう言い方は、かなり強引に吉本さんをぼくの文脈の中に引きずり込んだように見えるかもしれないけれども、こんどの本を読んで、そういう「通分」できない複数性についての感覚が、はっきりと語られてはいなくても、吉本さんのなかにはずっと前から強くあった、と感じたわけです。

▼「存在倫理」について

——うーんと、そうすると「存在倫理」についてはどんな理解になるのですか。吉本さんは、ブッシュもテロも同時に批判できる根拠があるとしたら、存在倫理以外にはないと言われていますね。これも難しいですし、なかなかよくわからないのですが。

瀬尾　結論からいうと、いままで話したことから先は、「存在倫理」ということも含めてぼくもよくわからない（笑）。今度読み返してみると、四つくらいの場面で「存在倫理」という言葉が使われていますね。

ひとつは「自分の存在」についての責任ですね。俺を生んでくれと頼んだ覚えはない、と親に言う。親のほうでも、自分の親に対してまた同じことが言えるだろう。そうやって責任を次々に親に委譲していけるように見えるけれども、それは事態の「半分」であって、自分がこの世に存在していて、さまざまな人に作用を及ぼしていることの責任の半分は、やはり最終的に自分が負わなければならない。こういうことですね。こういう意味で「存在倫理」という言葉がつかわれるときには、多分、芹沢俊介さんの「イノセンス論」への批判が含まれているんじゃないかと思いましたけど。

——ぼくもそう感じました。芹沢さんの「イノセンス論」が、吉本さんによって引導を渡されてしまった、と。もし芹沢さんが、これからもご自身の「イノセンス論」が有効であると言われるのであれば、吉本さんの存在倫理にたいしてきっちりと反論する責任があるのではないか。そんなことを感じました。

瀬尾　もうひとつは、究極的に「テロも戦争もまったく同じように悪だ」と言い切るためには、政治倫理や社会倫理のレベルで考えていてはダメで、「存在倫理」というレベルを立てなければならないということですね。

三つめには、二一世紀に入ってこれから先はなんでもありの世界になってしまう、テロも戦争も入り混じったかたちで起こるようになるし、犯罪でも道義性のない犯罪というか、まったくこれまでの倫理からは捉えられない犯罪が起こってくるだろう。そういうものを考えるためには、「存在倫理」というところまで降りないと考えられない、ということ。

四つめに、9・11に関して、ハイジャックされた飛行機に乗っていた乗客と、貿易センタービルにいてたまたま死んだ人たちの殺され方は本質的に違うものだ、この違いを言うためには、「存在倫理」という考え方が要るんだということですね。だいたいこの四つくらいのことが言われているように思います。

それぞれ直観としてはなるほどと思わせるところがあって、それぞれに鮮明な印象があるんですが、この四つをつなぐものがわからないんですね。どういうふうにこれらの直観がつながるのかな。たとえば飛行機に乗っていた人と貿易センタービルでたまたま死んだ人ですが、これは「存在倫理」というレベルを考えるとしたら「同じだ」、ということになるんではないですか。

――ぼくもあそこが一番わからなかったです。

▼「関係の絶対性」が世界史的な「善悪」を裁くのではないか……

瀬尾　テロリストたちの政治的な意図から見ても、吉本さんも言っている通り、これは象徴的な行為ですから、アメリカに軍事的な意味で直接の打撃を与えようとしたわけではない。国防総省も狙っているけれども、むしろ貿易センターに攻撃の中心がある。なぜならこの攻撃の象徴的な標的は、アメリカというシステムそのものだからですね。システムを狙うということ、システムが全体として機能を停止するとか、システムが全体として壊れるということを狙っているのだとすれば、当のシステムを使ってそのシステム自身を攻撃するというのがもっとも効果的なわけです。ですからアメリカの航空システムを使って貿易センターの機能を攻撃するということこそが意図されていた。だとしたら、ハイジャックされた飛行機に乗っている乗客も、貿易センターにいて死んだ人たちも、やはり「同じ」なんではないでしょうか。強いて差異を言えば、飛行機に乗っていた人たちはわずかながらテロを阻止できる可能性を持つから、それにともなってある微弱な加担というか、責任を生じるということかな。でもそんな可能性はほとんどゼロに等しいわけですからね。

それからもうひとつ、「テロも戦争も同じように悪だ」という言い方は、さっき言ったように「段階論的な世界」ということから導かれるなら、ぼくも納得できる。それが意味するのは、文明国から見てテロリストたちの野蛮が「悪」であるということと、被抑圧人民から見てアメリカの反テロ戦争が「悪」であるということとが、双方向的に、同じように成り立つ、という意味です。つまりそれは関係的な真理です。だがそれが「存在倫理」という理念から導かれて言われるのだとしたら、それは普遍倫理になるんではないかと思うんですね。それは関係的に言われているわけじゃない。吉本さんが個人としていだく思想的理念によって、それらを同じように「悪」だと言っているわけですから、これは倫理的な判断ですね。戦争とかテロとか犯罪というものにかんして、吉本さんが一個人として、「普遍的な」倫理判断を下している。その根拠が「存在倫理」だということですね。でもそういう位置は不可能なんじゃないかな。

吉本さん自身、この本のなかでくりかえし「当事者の視点」について語っていますね。なるほど当事者ならそれを言えるかもしれない。たとえば自分がイスラム過激派ないしその協力者であれば、このテロは絶対に「正当」である。逆にこのテロの被害者である人にとっては、この行為は許しがたい絶対的な「悪」ですね。だが日本国民であるわれわれにとっては、普通に言えば、ブッシュにも心情的にも加担できないし、ビン・ラディンとかサダム・フセインにも加担できるわけがない。どっちにも加担できないですね。どっちにも加担できないわれわれから見たら、「誰も死なないのがいい」に決まっている。テロなんて絶対無いほうがいいし、多少悪い権力が生き延びてもしようがないから、戦争はしないほうがいい。差し当たり人は殺さないほうがいい。そう誰でも判断するだろう。関係的に言ったらこれはそういう種類の問題であって、そういう場所でもし、あえて「悪」とか「善」とかについて語るのであれば、それこそ、それを決めるのは「関係の絶対性」である、と言うべきじゃないでしょうか。被害者たちにとっては許しがたい絶対的な「悪」が、テロリストたちにとっては「正義」である。それらの当事者たちを超えてそれを判断できるような立場はどこにもない。あえていえばそれを判断するのは「世界史」以外にはない。もちろんヘーゲルが言ったような意味で、世界史は事後的にしかそれを判断しませんから、いまここにあるのは「関係の絶対性」だけである、と。

▼国連の問題

瀬尾　ただぼくの考えでは、世界的な規模の問題に関して、事後的に世界史がおこなう判断に近似的なものを現在においてさがすとしたら、「国際社会」の判断がそれにもっとも近似的なんだと思う。そうじゃないように見えるかもしれないけれども、そう考えるのがいいと思います。世界史がおこなう判断に一番近い原理は「国際性」というか、現にある主権国家の複数性のなかで、それがどう判断されているかということである。一人の人間の思想がどう判断するかとか、ひとつの国家理念がどう判断するかとか、ひとつの党派がどう判断するかということではない。いろんな正義、いろんな利害を持った国家が多数存在して、それらが全体として何を妥当と認めているかということ、つまり「関係的な真理」ということが、世界史の事後的な判断にいちばん近似的なんだと思う。

だからぼくは、反テロ戦争にしてもイラク戦争にしても、それが国連の安保理事会によって承認されたかどうかということがきわめて重要だと思うのです。九一年の湾岸戦争は安保理によって承認された。冷戦終結後でアメリカもロシアも拒否権を行使しなかったから、国連自身による強制行動が、はじめて理論どおりに実行された。もしこれに反対するのであれば、国連の原理自体を否定するしかない。そういう戦争だったわけです。だけど今度のイラク戦争の場合は、安保理によって承認されなかったのだし、それに個別自衛権の行使でも集団自衛権の行使でもないのですから、その段階でこれは不法な戦争であるとはっきり言えるわけです。たしかに安保理事会は常任理事国が第二次世界大戦の戦勝国だけで出来ていて、先進国ばかりですから、「国際性」を部分的にしか満たしていない。だがそうは言っても、近似的にはそれは「国際性」だし、複数性の判断を可能にしている。そして今回は事実そうなったわけです。

いま国連という言葉を日本で言っても、だれもあまりピンとこないでしょう。日本の左翼の伝統の中では国連なんて馬鹿にされてきたわけですからね。でもそれは国連の理念が徹底性を欠いていたからじゃない。日本が敗戦国だったからだと思います。つまり国連という理念が、戦後日本の左翼ナショナリズムに訴えなかったからだと思います。

ところで『超「戦争論」』ではどうかというと、国連はおおきくいって二つの扱われ方をしていると思う。一つは、国際紛争にも民族紛争にも「第三者」が入ってくるのはいいことではない、と言われているところがありますね。当事者同士がトコトンやればいい。戦争でも殺し合いでも、納得いくところまでやればいい。途中で国連のような「第三者」が止めに入るのはよくない、と言われていますね。そういう箇所と、それからもうひとつは最後のほうでしたけれども、国家の悪というものを最終的に裁こうとしたら、「超国家」というものが要るんだ、と語られている部分があります。未来の世界ではいくつかの国家連合のあいだを贈与関係がコントロールするようになる。いちばん割りの悪い第一次産業を担っている国家群に対して、先進国家群は贈与する。そういう調整をどこがやるのかというと、国連がもう少し後進国の発言権を強めて、ほんらいの「国際性」を実現する形でやればいいだろう、というイメージが語られています。

後者の、最終的な世界状態を考えるときに、それぞれに別のルールを持った多元的な国家群を相互に調整する機能としての国連が必要になる、というイメージはそのとおりだろうと思います。だけどもうひとつの、国際紛争・民族紛争に介入する「第三者」としての国連、という見方は、読んでいてぼくにはあまり納得できなかった部分なんです。こういう言い方は、一種の思想的ラディカリズムになってしまうんじゃないかと思う。「国家の廃絶」というところまで見据えてものを考えている人間が、国連のような、民衆とも直接つながらない、たかが国家間の調整機構みたいなものに思想的重みを与えるわけにいかない、というような感じ方があるんじゃないでしょうか。

内ゲバの当事者と、間に止めにはいる人間の話なんかが出てきていましたけれども、ぼくは新左翼同士の内ゲバの当事者だったことはないですが、民青との対立だったら少なくとも心情的にはいつも当事者だったから、あいだに教官が仲裁に入るとか、クラス連合とかが止めに入ったりするときに、まったくこういう連中が一番いやだなあと思ったことはよく覚えています。こういう連中には、どこにも「根拠」がないじゃないか。むしろそれだったら、機動隊のほうがずっと根拠がはっきりしているわけです。機動隊は敵だ、と思ってはいても、一方には街頭で騒がれたらたまったもんではないという人びとの生活があって、機動隊はそれを守っているわけだから、これはちゃんと「根拠」をもって存在しているわけです。それに対して内ゲバの間に割ってはいる連中には、何一つ「根拠」というものがない。そういう意味での「第三者」に対する嫌悪というのはよくわかる。でもこれはそういう問題なのかな。

▼共存の論理と正しい理念

瀬尾　たとえばぼくの団地で、いま「ペット問題諮問委員会」というものがあって、ペット飼育を解禁するかどうかについて話し合っているんです。もともと規約としては禁止なんだけれども、実際には犬も猫もどんどん飼われている。でもそのことで現実にそんなに大きな問題が起こっているわけではない。飼っている人と飼ってない人とは共存できてしまっているんです。ところが、それじゃあ規約を改正して、解禁してしまおうかという人が出てきて、「禁止」か「解禁」かを話し合い始めると、急に対立が激化するんですよ（笑）。ペット飼育が禁止されているからこそ私はこの団地に入ったのであって、解禁されるなら、私は出ていかなくちゃならない、そんなバカな話があるか、というような人が現われる。いま現実には何の問題も起こっていないのに、どっちが出てゆくんだ、飼っている人間こそ出て行くべきだ、とかいう議論になるわけです。

現実には共存できてしまっているところに、理念的な問い詰めが起こると、むしろそのことによって共存が不可能になってくるわけです。これはどうしたらいいのか。要するに、現に可能になっている「共存の論理」をちゃんと取り出せばいいのであって、「禁止」と「解禁」とどっちが理念的に正しいか、などという問い詰め方をすべきではない。つまり理念的な一義性を求めることこそが、共存状態を破壊し、日常的にふつうに処理されていた対立を、非和解的な対立にしてしまうわけです。

パレスチナ問題は少し違うかもしれないけれども、ヨーロッパにおけるユダヤ人の問題とか、いまコソボで起こっているような民族対立には、規模は違うけれども、こういう要素が含まれているんじゃないでしょうか。つまり、たしかに摩擦があったし迫害もあった。だがなんとかかろうじて共存してきた。共存の条件は少しずつだが改善されてきた。そこに、ある種の理念的な問い詰めをする人たちが現われて、そのために、それまで住民レベルではふつうに可能になっていた共存状態が不可能になってしまった、ということじゃないでしょうか。だからこういう問題は対立の根源を深く掘り下げれば掘り下げるほど、問題の正体を明らかにすればするほど、そのことによってどんどん非和解的に、深刻になってゆくんですね。理念的な一義性こそが、対立する「当事者」たちを作り出している。もともと共存していた、そしていまもっともひどい被害を受けている「住民たち」はむしろ対立の「当事者」ではないわけです。一義性への強迫を取り去って、現実には可能になっていたはずの共存状態を回復するためには「民衆」を「当事者」たちから守らなければならない。これが国連とか難民問題に取り組む組織が「第三者」として介入することになる理由だと思います。

▼多数性の問題

――いまのお話はたいへん面白いといいますか、非常にある現代的な傾向に通じるお話だと思うのです。なにやら雑然としているけれども、それなりに共存している。むろんそこには不正もあるし、軋轢もあるし制度的にもロスが多い。近代のひとつ前の共同体的なあり方ですね。ところがそこにある「正しい」理念が入ってくる。これこれは不正であるから正しましょう。そうなったとたん、そこに「違い」が対立となって現われてくる。これは近代以降の、とくに現代において、さらに加速している傾向だと思うのです。滝川一廣さんへのインタビュー集『「こころ」はだれが壊すのか』のなかで、滝川さんが「ふところの浅さ」と指摘したことに通じますね。

つまり正しさへの盲目性といいますか、そういう問題です。そして瀬尾さんは、正しさの一義性に対して、いつもビビッドな反応を示される。ぼくは、それはとても貴重な感度だと思っているのです。紹介を兼ねて、またまた引用させてください。

正義というものは正義と呼ばれるほどのものであるならば、それぞれに「そこそこには」正しいものだ。それらにはそれぞれに根拠があって、どの正義が「正しく」どの正義が「偽り」であるなどということは――正義がその下にいる人々にとって至上物を意味する以上――一義的には決して言えない。だから政治的な選択は、それらが互いに殺しあうか、互いに共存するか、という選択以外にはありえない。必要なのはそれらの正義たちが「共存」するための具体的な条件を求めることだけだ。

それを不可能にしているのは誰なのか。何が正義で何が正義でないかを決める「本当の正義」というものがあり、それに照らせば何が本当の正義であり、何が正義の仮面をかぶった悪なのかがわかる、と主張している人々、そういう「本当の正義」を追求すると称する人々こそが、共存を不可能にしている、ほんとうの「悪」、排除されるべき「悪」なのだ。（「紫の髪に埋もれて笑っている」GIP・二〇〇二年十月号より）

まさにその通りと思います。ぼくなんかも、このことをくり返しくり返し言っている。これしか言っていないという感じさえするほどです。

ただ、こうした事態はどんどん進んでおり、一義的な正しさは疑ったほうがいいという主張はいま少数派で、なかなか理解されない。言論人でも、特に四十前の若い世代の、と決め付けてもいいのですが（笑）、知識情報はたくさんもっていて偏差値も高いのでしょうが、非常に正しさに対してナイーブであり、正しいことは正しい、それで何が悪いの？　という、感じですね。そういうところにリアリティを感じず、膨大な知識や情報の収集で自分を武装することが、若い世代のリアリティになっているのではないか。

共存の論理を、と瀬尾さんは言われるわけですが、どう強いイメージとして示すことができるかという点はいかがですか。その次の展開として、何か具体的に考えておられるのかどうか。

瀬尾　社会とか国際関係を考えていく上で、何を最終的なイメージとするか。いろいろな多様性・複数性を許容するためには、それらを包括する「一つの全体的なルール」が必要だ、というイメージを持つか、あるいは、良いルールも悪いルールも中途半端なルールも、いろいろあるけれども、それらのものを含めて「全部のルールの共存」というところに最終的なイメージを持つか、ということになるんじゃないでしょうか。

「国際関係」というのは、いま言ったうちの後者の複数性が、理念的に――自然発生的にそうなっている場面はいたるところにあるのですが――成り立っている唯一の場なのですね。主権国家というものがあり、主権国家は自己同一性をもっているので、その内部では国民に向かって一義性としてふるまっているわけです。だが国際関係のなかでは、その一つ一つが複数性を構成する単位になっている。メタレベルには何もない。だから国際関係のなかでは、ルールは仮設的にしか成立しないわけですね。作られてもすぐに壊されるし、すぐにアウトローが登場するし、ということになっています。だから国連は無力だ、などと言われるのですが、しかしこの無力さは大切なのだと思う。それにとってかわるようなもっと強力な強制力を考えようとするともっと間違うわけです。佐藤さんが言われるような意味での「強いイメージ」にはなりようがないんじゃないかな。

だから、国連が介入するというのは、吉本さんが言うような「正義の見方」が介入してくるということとは違うと思うんですよ。「正義」と「正義」が衝突しているところに、暫定的で平均的な「国際的利害」がはいってくる、ということだと思います。どうせはいってくるのなら、超大国一国の利害が入ってくるよりは国際的な利害の集合体としての国連が入ってくるほうがいい。なぜなら、国連のなかには、「正義」が必ず「関係」によって試されるというか、挫折する場所が含まれているから。「正義」は「利害」によって調整され、しかも複数の利害によって調整されている。だから決してナマな正義が出てくることはない。国際関係というのは、いかなる正義もいかなる世界普遍性も、そのままでは絶対に通用しない場所、ということを意味していると思います。

それと、かりに国連が「第三者」であるとして、第三者がまったく介入しない、「当事者だけ」という事態がありうるのか、ということですね。それこそ吉本さんが『ハイ・イメージ論』で言っているような「世界視線」というものがすでに成り立っており、だれもが容易にそれを手にできる。そしてそのことこそが、個人が国家をイメージの上で超えうる根拠になっている。そのとおりだと思いますが、ここで世界視線というのは言い換えればメディアの問題ですね。メディアは世界のいたるところに、もう不可避的に存在してしまっている。メディアなしで、世界視線なしでやりましょう、というわけにはいかないわけです。戦争ももちろんメディアなしには考えられない。だから当事者たちはたがいにメディアを自分の支配下に置こうと必死になる。だけどメディアというのは「媒体」なのだから、本質的に「第三者」なのです。まったくだれにも見えないところで当事者だけがやっているんなら別だけど、必ず世界がそれを見ている。その事態が世界からなんらかの見られ方をしている以上、そこに現実に第三者が「媒体」として介入することは不可避的なんだと思います。

だからわれわれが考えるべきなのは、その「第三者」をどういうものにしたらいいのか、ということだと思う。いちばん高いレベルでの世界視線の所有者は、いまのところアメリカの軍事的なテクノロジーでしょう。ではアメリカが世界視線を独占し、「第三者」を独占するのがいいのか。いや、ひとつの国家権力がそれを独占するのはよくない。複数の権力からなる国際的な組織が「第三者」になるほうがいい、という議論には妥当性があるのではないでしょうか。報道メディアにしても、何かが独占するのではなく、CNNがあり、ABCがありBBCがありZDFがありアルジャジーラがあり、というのが相対的にいいに決まっているとぼくは思う。

▼当事者性について

瀬尾　吉本さんのこの本の中で「当事者」の問題は、ぼくにとってとても気になる部分なので、このことにもうすこしふれてみたいんですが、紛争は「当事者」たちに勝手に、とことんまでやらせればいい、「第三者」はそれに介入すべきではない、という言い方は、ある時期までは国際政治のレベルでも可能だったと思うんです。だがそれはある時点以後、不可能になってしまった。吉本さんの「世界視線」という言葉がしめすような、テクノロジーの問題が一つあります。だがもう一つ、政治的な意味ではっきりしていることがあると思う。

イスラエルが、戦後パレスチナに建国しますね。それ以前にはシオニズム運動の中でも、いろんな建国のプランがあった。アラブと共存するために、アラブ人住民と一緒に連邦国家をつくって周辺のアラブ諸国と同盟を結ぶとか、そういうアイデアがいくつかあったのです。ところが最終的にはいちばん反動的な、ユダヤ人ナショナリズムを基盤にして純粋な国民国家をつくろうという勢力がシオニズム運動の中で勝利してしまった。それを国連が承認するという形になったわけです。イスラエルというのはそもそもの始まりから、周りの国を全部敵に回す以外にはないような国のつくり方をしてしまった。そうなると、遠い大国——場合によってはイギリスだったりソ連だったり、最終的にはアメリカだったり、とにかく遠くの「第三者」である強国——に助けてもらって、周りのアラブ諸国と戦争を続ける以外に存立を保つことができない。つまりイスラエルという国の成り立ちは、そもそも「当事者」性ではやっていけない国のつくり方になっているわけです。

ではいったいどうして、そういう国家理念が出てきたのか。それはイスラエルの建国理念がホロコーストの裏返しによって出来ているからです。九〇年代に日本のポストモダン左翼の人たちは、倫理の基準が他にないものだから、ホロコーストを「絶対悪」にして、そこから倫理の基準を作ろうとしていました。でもこの何年か、とつぜんそれを言わなくなったでしょう。それはホロコーストを倫理の基準にすると、パレスチナ問題に関してもイスラエルを肯定しなければならなくなるからです。

ホロコーストの絶対性がイスラエルの正統性を支えている。そのことはイスラエルの建国宣言にはっきりそう書いてあります。「最近ユダヤ人を襲った大虐殺は、ヨーロッパにおける幾百万のユダヤ人の生命を奪い去った。この結果、すべてのユダヤ人に広く門戸を開放し、諸国民に伍して対等の権利を持つ一国民としての地位を彼らに付与すべきユダヤ国家を、ほかならぬイスラエルの地に創ることによって、ユダヤ民族の問題を解決することの必要性が、またしても如実に証明された。……第二次世界大戦に、この地のユダヤ社会は、ナチスの力の害悪に抵抗して自由と平和を求める諸国民の戦いに参画し、もってこれを十二分に示した。戦士の生命とかかる戦いの努力によって、この社会は、国際連合を創設した諸国民の中に数えられるべき権利を獲得した」――というふうです。ユダヤ人がホロコーストの犠牲民族であるということが、戦後の国際社会の中でイスラエルが、「第三者」である超大国を後ろ盾にして自己主張する正当性の根拠になっているわけです。

ヨーロッパでのユダヤ人はきわめて根深く深刻な摩擦や偏見や迫害や殺戮に晒されてきた。その中で、西ヨーロッパのユダヤ人からは、ユダヤ人とヨーロッパ人とがかろうじて共存できるような啓蒙主義的な動きも出てきていたのだが、ドレフュス事件のような不当な差別問題がどうしても消えない。そして一九世紀末には、ユダヤ人の側からこの共存状態を否定して、ユダヤ人を一つの純粋な「国民」にしようというシオニズム運動が生まれてきた。そのあとでこんどはナチスという、ユダヤ人問題を「最終的に解決」しなくてはいけないというイデオロギー集団が現われて、共存状態を最終的に不可能にしてしまったわけです。共存状態の否定という意味では、ナチスとシオニズム運動とはある意味で補完しあう関係にもあった。ホロコーストと、純粋なユダヤ人国民国家であるイスラエルというのは、ある意味では共通の根源を持ってもいたのです。

ところでこのホロコーストが、いわば「当事者」性の論理を絶滅してしまったんだと思う。ナチスがドイツ占領地域で、何百万人かのユダヤ人を次々に殺しているときに、それを知っていながら、これは当事者の問題だから、当事者に解決させようというふうには誰も言えないでしょう。現実には連合国は、うすうすそれを知っていながら、ドイツに対する戦争は遂行したけれども、第一義的にユダヤ人を救出しようとしたわけではない。技術的にも無理だったんでしょうけれども、結果的に当事者に任せておいたわけです。シオニストたちはそのことによって戦後の国際社会にかなり大きな負債を負わせたんじゃないでしょうか。アメリカをはじめ連合国は、その倫理的な負い目を戦後になって支払わされているんだと思います。

当事者性だけではやって行けないということが、原理として明らかになったのは、それからだと思います。もちろん冷戦のときにはどこで何が起こっても、米ソのどちらかが介入するわけだから当事者性は不可能だった。では冷戦が終わったから当事者性が復活するかと言えば、そうはいかないわけです。

第二次世界大戦中にもし、今みたいに偵察衛星でドイツ占領地域が全部見えて、たとえばこれまでにユダヤ人が四〇〇万人殺されていることがメディアによって公開されたとする。ほっておけば戦争が終わるまでにあと二〇〇万人くらい殺されるだろうと予想されたとする。それで、もしピンポイント爆撃でヒトラーの首相官邸を攻撃してヒトラー個人を殺せば、大量殺戮が止まるんだとしたら、それをしないほうが不自然でしょう。それをやらないという選択は、国際的にもかなり困難なことなのではないかと思う。

こんどのイラク攻撃を正当化する論理はつきつめていえば、イラク国内でサダム・フセインは大量の人間を虐殺している可能性がある、大量破壊兵器が作られている可能性がある、それを国際社会が放置しておいていいのか、ということだったと思う。そういう論理が説得力を持っているのはホロコーストがあったからだと思います。それを当事者に任せておけとは誰にも言えない。この考え方には歴史的な必然があるし、「第三者」は介入せざるをえないのです。

だから問題は、何が、どのように「第三者」として介入するのか、ということだと思う。それがこの間まで、国連を舞台に最後まで議論されていたことです。国連は大量破壊兵器の有無を査察するという形で介入していたわけです。ジェノサイド条約があるわけだから、必要ならイラク国内での大量殺戮の有無も査察することができるでしょう。そういうふうに国連が介入するのがいいのか。それとも一刻も早くサダム・フセインを倒すことを主張して、アメリカ・イギリスだけが、いくつかの国を引き連れて武力行使するのがいいのか、という問題だったと思う。すくなくともあの時点では、大量破壊兵器も確認されておらず、大量殺戮も確認されていないのだから、査察を継続するのがいいし、もしそれが発見されたら、国連が一致できる限りでの制裁行動を取るのがいい。それ以外のやり方には正当性がなかったと思います。

▼「犯罪」としての9・11テロ

瀬尾　それから『超「戦争論」』のなかでもうひとつ、9・11は戦争なのか犯罪なのかという議論がありましたね。宮沢喜一だったと思いますが、これは戦争ではなく国際犯罪なんだから、日本が反テロ活動に参加しても、それは国際的な警察行動に参加するのであって、戦争に参加するのではない、と言った。そのことについて吉本さんが、これはまったく詭弁だと言っていますね。吉本さんはブッシュの「これは戦争だ」という最初の一言を鋭い洞察だと言っていたわけだし、当事者であるアメリカが「これは戦争だ」と言っている以上は、この宮沢さんの言い方はなりたたない。それで自衛隊の海外派遣を正当化することもできない、と言っていたわけです。だけどそのことと切り離していえば、ぼくはむしろ、間違っているのはこのブッシュの最初の一言のほうであって、これはやはり戦争ではなく犯罪だと思っているわけです。

国家権力間の戦闘が戦争である。テロリストは国家権力ではない。つまり一般民衆の生活に責任をもつ主体ではないわけです。せいぜい何千人かくらいのイデオロギー集団ですね。それがどんなに大規模な破壊をもたらしたとしてもそれは戦争ではない。それは大規模な国際犯罪だということになると思います。ではそれはどういう種類の国際犯罪か。ひとことで言えばそれはジェノサイドという犯罪です。ジェノサイドの定義は、ある人間ないし人間集団を、それがある民族や国民や人種や宗教に属するからという理由で殺すことです。その犠牲者が五千人でも五万人でも五百万人でも同じです。ナチスはユダヤ人を彼らがユダヤ人であるゆえに殺した。ウガンダではツチ族がツチ族であるがゆえに殺された。こういうのをジェノサイドと言うのです。アルカイーダもまた、アメリカ人は世界のどこにいてもアメリカ人であるがゆえに殺してよいと言っており、9・11のテロもその論理で行なわれたのですから、これはジェノサイドであり、国際犯罪として扱われるべきものです。

　ではなぜジェノサイドが国際犯罪なのか。ハンナ・アーレントがアイヒマン論でそのことを明快に説明しています。アイヒマンはたんに忠実なSS将校として、上官の命令に従っただけだ。その行為は当時のドイツの国法にもかなっている。それなのになぜ彼は罪を問われなければならないのか。かつての国法にかなっていた彼の行為を、事後的に戦後ドイツの国法で裁くことはできない。またどんな先進国であっても、どこかの別の国の法廷で裁けるというわけでもない。ではいったい何がそれを裁けるのか。国際法廷だけがそれを裁けるのです。なぜなら国際性というのは、人間集団が相互に共存して複数性を維持することで実現してゆく関係のことだからです。アイヒマンがその実行を担っていたナチスの行動は、ある民族に属する人間は、彼がその民族に属しているがゆえに殺されなければならない、というものだった。それはある人間集団を人間集団として消滅させることを意図しています。世界を構成する複数の要素のうちに何を加え、何を排除するかを自分たちだけが決めてよい、と考えるような権力は、国際性に照らして「悪」であり、その行動は国際的に「犯罪」であることになる、というのがアーレントの意見です。

　じっさいこういう犯罪は、そういうふうにしか裁きようがないのです。アイヒマンは、イスラエルの組織がアルゼンチンから拉致してきて、イスラエルの民族法廷で裁かれたわけですが、このことをアーレントは激しく非難しています。この裁き方は間違っている。これでは一民族が他民族に「報復」したことにしかならない。これは国際犯罪なのだから、国際法廷をつくってそこで裁かなくては正当性を持たない、とアーレントは言ったわけです。

9・11についてもほんらい、これとまったく同じことが語られるべきだったと思います。ところがブッシュがやったのは「これは戦争だ」とまず宣言してしまうことだった。もちろんこういうテロがやがて行なわれるだろうことは、冷戦が終わったあと、アメリカはもう十年位前から予想していたわけだから、これはたぶん前もって用意されていた科白なんだと思いますが、「これは戦争だ」と定義してしまえば、自らが国家として、テロリストに対してだけではなく、他の国家、たとえばアルカイーダをかくまっているタリバン政権を攻撃することも、同時に自明化されるわけです。国際社会の合意を得られているかぎりでは、それは「警察的」行動でもありうるわけですが、「これは戦争だ」と言ってしまったアメリカ自身にとっては、それは「報復」であり、すくなくとも国内的に報復的な感情を煽り立てることによってしか遂行されない。それはアルカイーダに対しては「報復テロ」であり、アフガニスタン国家に対しては、それを妨害するものに対する「戦争」であるということになる。今のアメリカはその延長上にいるわけです。

9・11が戦争なのか犯罪なのかはとても重要だと思います。ぼくの考えではどんなに規模が大きくても、これは戦争ではなくて国際犯罪であり、相当数の国々の国民が犠牲になっているわけだから、それは国際法廷で裁かれなければならない。日本も多くの犠牲者を出した当事者の一つだから、そのことを要求すべきだ。一九四八年以来ジェノサイド条約が法的根拠を与えているわけだから、国連はこれにのっとって警察行動をすることができる。イラクを査察したのと同じように、国連が国際的な軍事圧力を作りながら、アフガニスタンやその周辺の国々を完全に査察してテロリストを逮捕して、国際法廷で裁くというのが考えうる唯一の、報復的でない、正当なやり方なんだと思います。

▼「存在的カテゴリー」としての存在倫理

――「存在倫理」に話を戻させていただきますね。これが吉本さんのなかで、どこからどんなふうにして出てきたのだろうということですね。田中紘太郎さんの示唆を受けて言えば、やはり具体的契機としてはオウム事件であり、思想としては親鸞論なのではないか、と思うのです。

親鸞に救いを求めて集まってくる衆生とは、吉本さんにとっての大衆、あるいは大衆の原像ですね。親鸞は、どんな人間でも念仏さえ唱えていれば救われる、悪人であればなおさら救われると言った。そして造悪論が出てきますね。悪人であればなおさら救われるなら、わざと人を殺すような人間はどうか。ますます救われることになるのではないか。そこで親鸞は「機縁」という言葉を出すわけですね。

存在の倫理というのは、どうもこの機縁というものを吉本思想のなかで編み代えるというか、さらに奥行きを与えようとしているのではないか。そういう直観を持ったのですね。つまり、機縁というのは偶然だと言いたければ偶然であり、必然だといいたければ必然である。必然でもあるし偶然でもあるとしか言いようがないような、人間の判断を超えたものだというニュアンスがあると思うのです。

人がこの世に生まれてくるということも機縁ですね。親の親の親の……と遡ぼったとき、どこかで組み合わせがひとつ違えば、生まれ落ちてこなかったかもしれない。それはたまたまなんだといえばそうだし、いややっぱり生まれるべくして生まれるんだと言えば、そうともいえる。それから、生まれ落ちてどういう生を送るかということも、やはり機縁としか言いようがない。吉本さんは、人生のなかで自分で決められること、選択できることなんて半分しかなくて、あとの半分はしょうことなしに選ばされているんだ、とどこかで書いていたと思うのですが、これなんかも親鸞なんじゃないかと思ったのです。

加藤典洋さんとの対談のなかで「『存在倫理』という倫理の設定の仕方をすると、つまり、そこに『いる』ということは、『いる』ということに影響を与えるといいましょうか、生まれてそこに『いる』こと自体が、『いる』ということに対して倫理性を喚起するものなんだ」と言われていますね。「いる」ということは、ある人間が生まれるということと、その人間がかく生きているということの両方をふくむものですね。そうするとここで喚起される倫理も、機縁としかいいようのないものなのではないか。

親鸞は宗教者ですから、集い寄る衆生に救済を与えたわけですが、吉本さんは救済という代わりに存在倫理と言ったのではないか。ぼくが言いたいのは、存在倫理＝機縁だということではなく、すごく親鸞をくぐって出てきたのではないかということなのですが。

瀬尾　いま佐藤さんが言った「機縁」というか、意識や意志や主体的な判断を超えた人間の規定性みたいなもの――それは何なのかというと、ぼくは親鸞も、吉本さんの親鸞論もよくわからないから、ようするにそれは「存在論」の次元なんだと考えます。だとすればそれはもちろんオウム事件から始まったのではなくて、戦後の『初期ノート』のころから吉本さんの思考に根深くあったものだし、親鸞論あるいはもっと以前の『初期歌謡論』とかあのころから、カテゴリーとしてはっきり出てきていると思います。その流れにつらなる後期の吉本さんの仕事のピークは、理論的なものとしては『母型論』じゃないでしょうか。『マス・イメージ論』や『ハイ・イメージ論』でやってきたことがそこに行き着いている。

言語論だけを考えてみても『言語にとって美とはなにか』の頃の論理は、西欧に対応させれば、二〇世紀初めあたりの「生の哲学」――カッシーラーとかディルタイとかフッサールとか、そういうものからアナロジーの可能な世界です。たとえば竹田青嗣さんの『言語的思考へ』なんかの考え方も、この段階の吉本さんの言語論を受け継いで、それをさらに先へ進めようとしているという印象を持ちます。発語主体や受語主体を想定しながら、言語を主体の内面の表出と考えるのではなくて、「関係の創出」とか「信憑形成」というところで考えてゆくという構えを取っているわけですね。

ところが『母型論』のころになると吉本さんは、言語についてもかなり違った考え方をしているように思えます。語源論とか民族言語とか音韻論とか、そういうところへ言語の問題を引っ張っている。『言語美』のころの論理が『資本論』に類比的だとすれば、ここではバタイユ的な普遍経済のような考え方になっている。言語起源論といえばヨーロッパではむしろ一九世紀の初めくらいの理論的な枠組みなんだから、批判する人からいえばずいぶんロマン主義的なところに遡っているように見えるかもしれないですが、ぼくはそういうことではないと思う。言語論がここでは「存在言語」になっているんだと考えます。生命体としての人間の組織形成と重ねられたりして、言語の問題が類的なものの表出とか、あるいは全体性の表出とかのレベルへ拡大されている。言語は「意識の表出」ではなくて「存在表出」として扱われている。これはソシュールやヴィトゲンシュタイン以降の、あるいは二〇世紀はじめの「言語論的転回」以後の言語観では、論及不可能な領域だと思います。西欧でも何人かそれを考えている人たちがいますが、吉本さんは『母型論』でそれをやろうとしているのだと思う。

親鸞とか、宗教的なものとか、言語や国家の問題とかについての吉本さんの直観が、「意識のレベル」ではなくて「存在のレベル」に移っていると考えれば、「存在倫理」というような概念が出てくる理由はわりと納得できるんじゃないかと思います。こういう存在論的カテゴリーの問題は、もともと意識や論理のレベルからそう簡単に批判できるものではないですから、ぼくが「存在倫理」についてさっきいろいろ話したようなことも、たぶんああいう言い方だけでは届かないところがあるんだろうと思います。

▼戦争詩論について

——最後に、瀬尾さんの戦争詩論について、できれば吉本さんの戦争責任論などに触れていただきながら、概要を話していただけますか。

瀬尾　全体を話すのはたいへんなので、ひとつのアウトラインだけ、吉本さんの戦争責任論とここが違うのではないかという点だけを話してみます。たとえば戦争詩が、三好達治や村野四郎のような、モダニストあるいは十分にモダンだったはずの詩人たちから出てきてしまったときに、吉本さんはそれを、詩人たちがもっている「封建的遺制」「封建的な心性」が露出してきた、というふうに理解していますね。モダニズムとかモダンな詩精神とかはたんなる外皮、外からまとった衣装にすぎなくて、そんなものは現実が切迫したらすぐに剥がれ落ちてしまう。そのとき彼らの封建的な遺制が露出してきた、と戦争責任論のころの吉本さんは考えていたと思うのです。

たしかにそういうふうに言わないといけない部分もあるだろうとは思いますけれども、ぼくはそれを逆に考えることにしたのです。戦争詩においてモダニズムが挫折している、あるいはモダニズムが剥がれ落ちてしまっているというのではなくて、戦争詩の中には、あきらかにモダニズムの完成という面がある。モダニズムはそこで勝利していると考えるべきではないかと思ったのです。なぜなら日本の戦争自体が一種のモダニズムという面を持っていたわけですからね。

それは最初に話したような、外在的な倫理というもの——つまり正義というものが外在的に与えられて、強迫的に個人に対して加担を問うというようなタイプの倫理が、日本の近代のなかでどういうふうにして出てきて、どういうふうに育ってきたかを考えようとするとどうしてもそうなるのです。戦争詩は、その外在的な倫理がピークになったところ、それがもっとも勝利している場面を象徴しているわけです。外在倫理はその後、たとえば『辻詩集』を『死の灰詩集』が引き継ぐというような形で、戦後左翼の中に残っていったと思います。それは戦後左翼的な恫喝の中に引き継がれ、連合赤軍に至り、現在のポスト・コロニアリズムとかネーション批判にゆきついていると思うのです。

　では戦争以前はどうだったのか。遡ってゆくと戦前の左翼、戦前のモダニズムに、外在的な倫理の原型があると思います。それがはっきりかたちをとって現われるのが一九二〇年代で、日本の帝国主義的な展開が本格化した時期です。それ以前の、日露戦争のころまでの国民国家形成過程であれば、対立は国権ナショナリズムと民権ナショナリズムという形をとっています。ナショナリズムという基軸自体は動かない。そのなかで国家権力の形成と個人の形成と文学的主体の形成とが、だいたいパラレルに進んできたと思うのです。そのかぎりでは倫理は外在的な形をとることはない。

　日韓併合を帝国主義の始まりと考えると、その一九一〇年という年はまた大逆事件の起こった年でもあって、はじめての本格的な反権力の登場と重なっています。それ以降、国内の権力は体制―反体制という形をとります。同時に国家のテリトリー自体が内地―外地という二重構造をしめすようになります。そしてこれとちょうど同じ時期に、日本の近代詩は新体詩の音数律構造を失って口語自由詩に移行してゆくわけです。まず現われたのが山村暮鳥や萩原朔太郎の口語自由詩の試行ですが、ここにも外在的な倫理が介在するところはありません。問題はその十年後です。一九二三年の関東大震災に前後する時期が、さまざまな日本のモダニズム運動の出発点になっています。そしてこれ以後、詩的な主体の作り方がまったく変わってしまうのです。詩に限らず、外来の理念に同一化することで主体形成する人たちが、文化の前面に登場してくる。

　それはどういう人たちだったかというと、モダニスト詩人たちはたいていそうですけれど、農村共同体から切り離されて都会に出てきて、定住できないままに都会で暮らしている、そういう人たちですね。この時期は工業化と大都市化の時代でもあるから、それまでの階級構造が脱構築されて都市には大量の群集が出現している。つまりもともとの帰属共同体とか帰属階級をすでに失っているが、あらたな居場所はどこにも見つからない、という人たちです。彼らはどうやって自分の居場所を得ようとしたか。なんらかの世界理念に同一化することで、新しい自分の帰属をつくるしかなかった。私はダダイストである、私は社会主義者である、アナキストであるというようなしかたで、インターナショナルな帰属をつくり、それまでの日本近代のナショナルな秩序全体に対立するような形で自分の主体を立ち上がらせたわけです。

それがだんだん高度になっていって、一方では「詩と詩論」の主知派のモダニストたち、北園克衛とか春山行夫というような詩人たちが登場し、もうひとつは、岡本潤とか壺井繁治とかいう左翼詩人たちの流れになる。いずれの場合でも、ナショナルなメンタリティに対抗する力がインターナショナルな理念から調達される、というのが一般的な構造になっていった。その過程で外在的な倫理のありかたがどんどん鍛えられてゆくのです。

モダニストたちの運動は次々に「宣言」を出しますね。このモダニストたちの宣言の文体とマルクス主義のアジテーションの文体は根本的に同質の構造を持っています。そのいちばん基本的なトーンは何かというと、あたうかぎり外在的なものを倫理の規範にするということです。たとえばモダニストたちの宣言は、つねに「抒情」ということを敵と見なしています。当時、内発的な抒情性の一番の代表者は、自他ともに認めるとおり朔太郎だったわけですが、モダニストたちは朔太郎に代表される抒情の内発性を否定して、詩作をテクノロジーやメカニカルなシステムによって支配することを主張します。左翼運動の倫理もこれと同じ形をしています。まだ階級的自覚に至っていない労働者たちや、自分のことばかり考えているエゴイスティックなインテリゲンチャを、いかにして労働者の戦線に加わらせるか。内在性にとどまっている者たちに対して、階級意識を外部から注入しようとするわけです。モダニズムにおいても左翼運動においても、倫理の強度がつねに、規範の外在性に比例しているわけです。倫理が外在的であり、強迫的であるほど魅力的であり、人を興奮させる。これがそれ以後延々と続く外在的な倫理の出発点だったと思います。

帝国主義の時代の知性はインターナショナリズムとナショナリズムとの対立からなっていた。では戦争期はどうだったのか。ふつうには、ナショナルなものとインターナショナルなものが対立し、ナショナルなものがインターナショナルなものを打ち負かして戦争にはいっていったと考えられるかもしれませんが、そうではないと思います。明治期以来のナショナルな連続性に対して、一九一〇年代以降、インターナショナルなものが切れ目を入れた。そして昭和期にはいると、インターナショナルなものがナショナルなものを「媒介」することによって、ウルトラナショナルなものの登場を準備したんだと思います。ウルトラナショナルなものは、ナショナルなものとインターナショナルなものとの対立そのものを「超越」するようにして現われてくる。だからウルトラナショナリズムの登場に関して、インターナショナルなものは完全に、その一方の契機になっているのです。

このことは総動員体制の形成過程を見ればよくわかります。近衛文麿の総動員体制は、どうやってそのなかにインターナショナルな知性を持った人々を組み入れるか、包括してゆくか、を課題にしていました。三木清をはじめとする左翼も、尾崎秀実のようなリベラリストも、その運動のなかに自分の世界理念の実現の可能性を見たわけです。それはあきらかにインターナショナルなものを積極的に媒介して、ウルトラナショナルなものを形成する運動だった。戦前の左翼・モダニズムの倫理の形は、そのままそこに引き継がれることになります。

戦前モダニストだったり左翼だったりした人たちは、戦争期にナショナルなものによって打ち負かされて沈黙してしまったわけではない。彼らはちゃんとインターナショナルな理念の延長で生き延びたわけです。戦前に左翼詩人やモダニストであって、外在的なイデオロギーや倫理を叫んでいた詩人たちが、大政翼賛会で戦争詩を書き戦争の倫理を叫び、戦後になるとまた左翼にもどって「死の灰」の悲惨を訴え……という道筋は、その人のなかでまったく倫理として矛盾がないんだと思います。そこを取り出せば、モダニズムの批判、日本近代におけるインターナショナルな知性の批判、あるいはポストモダン期に至る外在的な倫理を批判する筋道を作れるのではないかと思う。そのことはまた、世界について考えることが同時に、人間の関係の世界や共存の論理を取り出すことになるような道筋を見つけることにつながるのではないか。これがぼくの戦争詩論のひとつのモチーフです。

では吉本さんが戦争期の問題を「封建的遺制」として捉えたことによって出てくる問題はどうなるのか。それはアジア的なものの問題、アフリカ的なものの問題へつながってゆくわけですね。そういう段階論的な問題はどうなるのか。ぼくの戦争詩論のモチーフは、日本近代に「内在」して、近代の中で問題を考えている——その外に向かって延びていかない考え方になっているかもしれないなと、今日吉本さんのことを話していて、ふと感じてしまいましたけどね（笑）。

でもそうじゃないな。あの戦争も、戦争詩も、それからいまのポストモダニズムもふくめて考えられるほどに「モダニズム」という概念を拡張することによって、はじめて可能になる展望があるはずだから。やはりこれは単に日本の近代が、西欧と違って封建的な遺制やアジア的なものを引きずっていて、それが露出してきたという問題ではない。歴史の重層性のなかで考えるべきことでしょう。「モダニズム」という概念をそこまでひろげることではじめて、ヨーロッパの二〇世紀を含めて「近代」というものの全体を、あらためて段階論的な展望の中に置くことができるんじゃないでしょうか。

――いや、瀬尾さんの日本近代のとらえ方というのは、とても躍動感があって魅力的だと思います。昔から瀬尾さんの近代詩論＝言語論というお話をお聞きしてみたいと考えていたのですが、改めてその意を強くしました（笑）。朔太郎の『詩の原理』と吉本さんの言語論、そのへんのことですね。是非またお付き合いいただければと思います。

それにしてもきょうは長時間お付き合いくださいまして、ありがとうございました。戦争詩論の刊行、心待ちにしています。

（2003年5月9日　新宿にて収録した原稿に瀬尾氏の大幅な加筆を経て掲載しました）

第4章

オウム問題についての感想

▼1　どこで話すのか

　こういう場所で話すことが重要なのではないかと思います。こういう場所というのは小さな声で話せるところ、ということです。これは別に現在の言論をめぐる状況をうかがって言っていることではないし、社会的な、世間的な、あるいはジャーナリズムのタブーに触れるからということでもなく、もっとわれわれの言説の本質的な構造に根ざしていると思います。われわれは大きな声で話せば必然的にある一つの声を出すことになります。声が大きくなればなるほど、一つのこと、一義的なことを話すことになります、逆に声が小さくなればなるほど、われわれが話すことはほんらいわれわれが話すべきことに近づいてゆきます。といってもわれわれにこれといって取り出せるような、一つの本心とか本音といったものがあるわけではない。話されるべき本当のことなどというものは、ないのです。だがそれにもかかわらず、われわれは小さな声で話すとき、ほんらい話されるべき、ほんらいの話し方に近づいていきます。

　ある一つの本音や本心があるわけではないが、話されるべきほんらいのこと、ほんらいの話し方というのは「二重」なのです。われわれは小さな声で話すとき、限りなく二重の声に近づいてゆきます。なぜならわれわれの存在が本質的に二重だからです。私は寄る辺なく世界の中にいます。私が死んでも世界はたいして揺らぎもせずにそのまま存続してゆくでしょう。私はそのような存在です。だが一方で、私は世界を私において構成し、私の死とともに世界を消してしまうような存在でもあります。ぼくの考えでは、この二重性はわれわれにとって本質的なことで、一方の視界を他方の視界に還元することはできません。われわれは小さな声で話すほど、この二重のリアリティの境界のようなところへ近づいてゆきます。この境界に立つことが大切なのだと思います。

ぼくはこれから、オウムの問題について話してみようと思うのですが。そのためにはこの二重ということ、その境界に立つ、ということをよく考えてみる必要がある。そのためにはどうしても小さな声で話す必要があると思うのです。

▼2 悪しき超越について

オウムのような閉鎖的な悪しきカルトが生じるのは、現在の社会になんらかの問題があるからだ、という考え方があります。この社会を生きるうえでの、ある不充足感や抑圧感やあてどなさが、こうした悪しき形での超越をもたらすのだ、と。もっと大きく言えば宗教一般というものが現実の矛盾に根ざしているので、宗教の批判は、そのような宗教を必要とする現実の批判に転化しなければならない、という考え方があります。オウムの問題はわれわれが社会の関係をどう組み替え、作り出してゆけるかという問題である、というわけです。

だがぼくには、どうしてもそうは思われないのです。社会や現実がどんなに理想的なものに近づいても、そこにいかなる不全感もなくなっても、人間の超越への欲望を消し去ることはできないし、同様に、悪しき超越の形も消し去ることはできないと思います。なぜなら社会や現実に対して超越の欲望が生じる根拠は、別に社会が悪いからでも、現実に欠陥があるからでもなくて、社会が社会であり、現実が現実であるということそのものだと思うからです。

言いかえれば、人間の内面性は、社会や現実がどんなに多様性を許容し、寛容になり、柔構造になっても、そのなかに配置してしまうことができません。それは人間の内面性が、社会や現実との関係で出来ているものではないからです。すくなくとも数百年単位の時間のなかでわれわれが現在置かれている世界の構成のなかでは、人間の内面性は社会や現実とはまったく別の、独立した根拠を持っています。そして人間の超越性への欲望は、社会や現実に還元不可能な、この内面性の存在に根拠を持っているのだと思います。

だからオウムの出現を、八〇年代以降のテクノロジーやオカルトの風潮と重ね合わせて論じたり、全共闘以後ポストモダンの思想的な背景から論じたりすることは、たしかにオウムが持っている外面的な色合いを説明することにはなるでしょうが、その核心に触れることはありません。なぜならそんなものが全くなくても、やはりオウム的な、反社会的な悪しき超越は、外面的な形こそ違え、まぎれもなく出現しただろうと思われるからです。

▼3　どういうときに神を求めるのか

宗教的な超越が、社会の抑圧や現実の不全感から引き起こされるなどということはありません。社会の抑圧性や現実の不全性から引き起こされるのはそれに対する現実的な行為であり実践であって、それが宗教的な姿をとることはありません。人々は、オウムに入った青年たちがもともと社会的な正義を求めていた人だったとか、超能力を求めていたとか、病気を治したいと思っていたとか、言っています。それらの青年たち自身も、自分がそういうことをきっかけにオウムに入ったと考えているかもしれません。しかし人はそんなことをきっかけに宗教的な超越を求めたりはしません。

どういうときにわれわれは宗教的な超越を求めるか。言い換えれば、どういうときにわれわれは神を求めるか。考えてみればすぐわかることですが、われわれが宗教的な超越を求め、神を求めるのは唯一つの場合だけ、すなわち自分が自分と衝突しているときだけです。社会正義を求めていたり、超能力を求めたり、病気を治したいと言うときにも、それを突きつめていって自分が自分と衝突したと言うときにだけ、人は宗教的な超越を求める。

内面性は現在、ふつうには遠近法の問題として考えられます。近代が主客二元論に支配されているかぎり、遠近法は、外的な世界を均質な一点透視の対象世界として構成する。他方でその反作用として、現実の歪みや多様性は主体の背後に押し込められる。こうして主体には内面性があることになるわけです。だが事態はそんなに単純ではありません。なぜならこうして析出された内面性には、とても強固な実質が与えられるからです。人間が観念的な次元をもっているかぎり、主体はたんに客体世界に向き合っているだけではない。主体は主体自身と衝突するのです。自分が自分自身と衝突するときには次元がひとつ繰り上がる。主体にも客体にも還元できないような、超越的なカテゴリーが発生する。繰り上げられた次元が不断に反復されて内面性を打ち固め、それをひとつの実体にしているのです。

逆に言えば、そんなたいそうな理想や悩みや苦しみがなくても、自分が自分と衝突するという場面さえあれば、人は不断に神を求めているはずです。自分自身の死を思うとき、一つの欲望ともう一つの欲望との間で引き裂かれるとき、高揚する精神と落下してゆく肉体との間でメランコリーになるとき、自分の理想や当為を自分自身が裏切ったという形での倫理的な負荷を背負うとき、等々。自分と社会との対立ならば、内面と現実との違和ならば、超越は必要ないのです。自分と自分との衝突である場合のみ、言い換えると、われわれの存在的な二重性が亀裂として現われてくるときだけ、ひとは神を呼び、宗教的な超越を求める。人間の内面性はその現実存在にも社会的な存在にも決して還元できない。人間の内面性は、社会と自分、現実と自分といった対位の中には場所を持っていません。ただ自分と自分との衝突のなかにだけ、場所を持っているのです。

宗教的な超越は、オウムにおいて身体的な技法として追求されてゆくのですが、この場合、身体というものが、社会と自分、他者と自分との関係とは独立した自分と自分との関係の場所、内面性の場所になっているからです。ほんらい現実的な関係の変革としてあらわれるべき超越性が、まちがって身体的な超越へ行ってしまった、というわけではない。社会と自分との関係ではない、自分と自分との関係の場所。それはほんの二十年ほどまえなら「文学」でした。オウムにおけるような宗教的身体的な超越は、社会変革的なパトスの代わりに現われてきたのではない。あえていえばそれは「文学」の代わりに現われてきたのだと思います。

▼4　シャクティーパット

オウム教団についての内在的な批判としては、その教義や、宗教的体験の形成の論理についての宗教専門家たちからのさまざまな詳細な批判があり、また宗教理念と組織原理に即して、なぜあの教団が極端に反社会的になるのかについての、社会科学的な立場からの批判がありました。しかしぼくはオウム教団を体験的に知っているわけではないし、こういう批判は専門的な知と体験的な知とが出会うところでのみ検証される問題なのだから、そうだろうとも言えるし、そうでないかもしれないとも言える、よくわからない問題なのです。ぼくはまた、さまざまな新宗教に深くコミットしてその変遷をきめ細かく追ってゆく論者に対しても、何かを言いうる立場にない。ぼくの場所から言えることは、とても限られたことです。

ぼくの場所から見て、とてもはっきりと、ここがオウムという教団の核心なのだといえる部分があります。それはシャクティーパットというもので、麻原が信者の額に手を置くとき、信者の体の中でチャクラが開き、クンダリーニの覚醒が起こる。体内に光が走り、背骨を通ってエネルギーが頭頂に向かって昇ってくる。

麻原がこういう技術を、他の修行者たちにくらべて相当高度に身につけていたらしいこと、そしてこの技術を、相手の置かれている状況にぴったりと符合した形で、イメージとしての死の先取りにつなげて見せるだけの、修辞的な能力と、相手の人間に対する洞察力を持っていたということは確からしく思われます。

そのことが、それぞれに死を突きつめている人間、あるいは自分と自分との衝突に巻き込まれて身動きできなくなっている人間に、現実の一義性が一瞬白紙還元される瞬間を与え、つぎに決定的な越境を、つまり向こう側の一義性への移行を促すことになる。市民社会の規範が一瞬漂白され還元されて、麻原の差し出す教義や命令のほうがその一義性に取って代わる、という場面を作り出すことができたと思います。

ぼくにとってのオウム教団の持つ意味、麻原という人間の持つ意味は、もうこれだけで十分なのです。あとの教義はどうせ編集されたつぎはぎだったり、でたらめだったりするに決まっているし、またどんなにでたらめでもかまわないのだと思います。一人の人間が、麻原によって自分自身の死をつかまれていると感じる、そういう瞬間をその人間に与えることが出来さえすれば。逆に、オウムを宗教として批判する人からすれば、どんなに教義的な誤りや、組織的な錯誤を批判しても、そこに残ってしまうものとして、このシャクティーパットの体験があるのだと思います。

▼5　マインドコントロール

人々はよくマインドコントロールという言い方をしますが、ここにあるメカニズム自体は、決してマインドコントロールの問題ではない。あくまでその人にとっての「自分自身の死」に手を触れる技法であるに過ぎません。既成の現実についての一義的な確信を揺るがせて、そこに決定不能状態をつくりだすこと。あとの部分はいわばそれに付け足されるもので、その人間をこちら側の一義性に移行させ、自分への絶対帰依のなかに帰属させる。これが「救済」です。マインドコントロールはあくまで、そのあとに別の一義性、向こう側の世界についての一義的な認識を植えつけてそのなかに「救済」するために必要とされたにすぎない。薬物とか、強迫的な反復による自己暗示も同じです。

じじつ、このことがさまざまな意味で悩み、苦しんでいる人間にとって救済でないはずがない。この体験は絶対帰依とか絶対服従に根拠を与えてくれるし、それは自分の悩み苦しみの核心部分、つまり自分と自分との衝突を消し去ってくれるからです。麻原は無意識にだろうけれどもこの力学を正確に洞察していたと思われます。また信者たちの欲望の中にも絶対的な命令者を求めることによって満たされる部分があるのだから、別の一義性のなかに突き進んでゆく理由をたしかにもっていたわけです。

オウムを宗教として考えるときに残されるのは、この決定不能状態から別の一義性へ向かっての、この「接続」を問うこと、シャクティーパットの体験が現実の一義性を漂白した後、別の世界観へとつながれていくときの、この「接続」の輪を問うことだと思います。この接続部分にこそ、オウムの問題が二〇世紀の思想の問題につながってゆくポイントがあるのだと思います。この接続部分をはずすこと、すくなくとも空白にすることが必要なのだと思います。

マインドコントロールという言葉はオウムが使ったわけではない。オウムにおいて起こったことをわれわれが了解するために使われた言葉です。だからこの言葉の中には、なによりもわれわれの側の状況が映し出されている。マインドコントロールという言葉によって示されるような事態が、われわれにおいて不断に起こっているということを語っているわけです。この言葉は「あなたがそう考えるのは、あなたがそう考えさせられているにすぎません」という形をしていますが、これはまさにわれわれのポストモダンが思考の制度性や物語性を批判するときの決まり文句だったものです。さかのぼれば、われわれの意識は下部構造によって、無意識によって、言語によって、構造によって規定されていると語ってきた二〇世紀的なさまざまな世界観の痕跡でもあるわけです。われわれはつねにそのような超越項を待ち受けている。われわれが自分の意識や感性に対する自己確信を奪われた空白の場所に、それに取って代わるように「絶対真理」が置かれることを、つねに待ち受けている。ここで「接続」の輪をはずすにはどうしたらよいか。この超越項を世界観の側から調達するのではなく、こちら側から満たすような、自前の超越性を獲得する以外にないわけです。

▼6　別の一義性の中へ

だから僕の場所から麻原を内在的に批判するとしたらこういうことになると思います。つまりあなたはこの現実の一義性が漂白されたあとに人間に残される実存的な二重性を知っているではないか。それにどう切れ目を入れたら人間を決定的に無力にすることができるか、それをどこへ移動させたら人間に全能の意識を与えることができるか、そういうことがわかるほどに、あなたはその二重性の構造を知っていたではないか。ならばあなたにできる「真理」の開示とは、この二重性の宙吊り状態を利用して、世間的な一義性を別の一義的な世界観へ反転させることなどではなく、この二重性そのものを、あるがままに開示して見せることであったはずだ。

それなのにあなたは、自分にだけ見えている相手の二重性に切れ目を入れて、その人間を、あなたがつくる認識や規範が絶対のものとしてふるまえるような別の一義性の中へ移行させてしまった。それは社会に対して「反社会」であるような場所、現実に対して「反現実」であるような場所であった。相手の人間の内面性に、社会や現実への「還元不能」という場所を与えなければならなかったのに、あなたはそれを反社会という一義性の中へ反転させてしまった、と。

超越そのものにはよい超越も悪い超越もない。超越そのものは、ただ誰にとってもある局面において不可避的に襲うものだ、と言えるだけです。言い換えれば、オウムにおいて現われてきたような超越の形を「悪しき超越」と呼ぶ、その根拠を普遍的な形で言おうと思ったら、「還元不能」の場所を、別の一義性に反転してしまった、ということの点以外にはないわけです。

そこから先、その人の内面性をいったん別の一義性が占有してしまえば、あとは少年時代以来の悪童麻原、悪人麻原が自在に弟子たちを操作するゲームが行なわれたというだけです。そしてこんどは、麻原が弟子たちをそのような一義性のなかに閉じ込めてしまったことのツケが、いまになって裁判の過程で、彼の弟子たちがつぎつぎに市民社会の規範へ、ふたたび単純に裏返る、という形になって現われているわけです。彼らはついに二重性の場所、自分が自分と衝突している場所を自らのものとして確保することができなかった。そして単純な反転、単純な移行を、逆方向に反復することになったわけです。

▼7　共同性と個との還元不能

ぼくには、オウム事件のあとわれわれの言論空間がいっぺんに、ほぼ半世紀分くらい逆戻りしてしまったような気がします。これまで半世紀くらいのあいだに、われわれが思想の領域で見出し、確認してきたはずの事柄があっという間に忘れられ、打ち捨てられつつあると思う。何が忘れられつつあるのかといえば、ひとことで言えば「共同性と個の逆立」というような言葉で言われてきたところのもの、個的な幻想世界は共同幻想とかならず逆立する、というような言い方で吉本隆明によって語られてきたところのことです。

たしかに今となっては、この言い方は誤解を招きやすいものでしょう。「逆立」するというが、それはどのようなことで、どのように証明されるのか。「逆立」という以上それは再度の反転を根拠づけており、つまりこの言い方は反権力ということを何か必然のものとして正当化するものになっているのではないか、などと現在われわれは考えることができます。

だがここで語られていることはそういうことではない。共同性と個とが原理的に逆立する、とは、共同性と個とが相互に「還元不能」である、と言っているだけです。共同性として構成される観念世界と、個の内面性として構成される世界とは、相互に還元不能であって、どこまで追いつめても二重性にしかならない。個の内面世界は、決して共同性の世界を完全に内面化することができない。同じように共同性の世界は、どんなに多様化しても、どんなに寛容になっても、個の内面世界をその内部に布置させることができない。共同性が個を無化してしまう可能性をつねに持つように、個の世界は共同性の世界を、自らの死と引き換えにつねに無化する可能性を留保している。

たとえばそのことを前提として、われわれは法の言語を持っているわけです。法は決しての個の要求を満たさないし、共同性の要求も満たさないような超越論的な位置で、相互に還元不能なものを調停するわけです。ほっておけば個もそれにはしたがわないし、共同性もそれには従わない。であるがゆえに法が立てられ、それに従うべきだと個人のなかの公的な思想が言うわけです。「推定無罪」の原則などは典型的にそういうもので、個々の具体的な場面でそれを守ることを誰ものぞまなくても、そのことによってたとえ多くの人々の命が危うくなるような場合でも、守らなければならないものとして、それは「法」を支える原理になっている。

だからたとえば、オウム事件を議論している人が、その途中で思わず「推定無罪」の原則を踏み外してしまうということと、「推定無罪の原則は場合によって放棄されてもいいのだ」と語ってしまうこととでは、まったく意味が違います。それは、やむにやまれぬ事情で人を殺してしまったということと、「人はやむにやまれぬ事情があるときには人を殺していいのだ」と述べることとが違っているのと同じです。今私たちが直面している事態とは、このうちの後者が、言論の世界で自己を主張しはじめたということです。それは過去半世紀ほど、われわれの思想が見出し、打ち固めてきたことが崩壊し始めているということであり、人々の思想が、共同性の一義的な勝利にむかってなだれうっているということを意味しています。

▼8　市民社会の全能とその反作用

その兆候はもうしばらく前からありました。八〇年代の消費社会の進行や冷戦の終結、イデオロギーの威力の崩壊にともなって、市民社会がわれわれの唯一の規範になりつつあった。イデオロギーをさらに解体させるために市民社会の原理を積極的に取り入れようという動きが、共同性の問題としてある必然性をもってあらわれてきました。けれども重要なのは、共同性の問題としての市民社会原理の追求というのは、どこまで推し進めてもわれわれにとって半分の問題にしかならない、ということです。そのことに気づかないでいると、そこにはものすごく息苦しい言説空間が生まれることになる。それは構想されている市民社会がどんなに開放的であろうと、多様性を許容するものであろうと関係のないことです。

しかし八〇年代以降の市民社会の動向は、ことによると自らの原理を多様化し、柔軟にし、容量を大きくすることで、そのなかに内面性というものを配置できると考えているのではないか、と感じられるところがありました。言い換えれば、現在の市民社会は自らを変容させる具体的な兆候を示すことによって、その道筋の中に、個がはらむ恣意性や超越性を着地させることができ、包括することができると考え始めているように思われました。しかしそんなことは絶対にありえない。それが可能になるためにはそれに先立って社会や現実や内面というものの定義そのもの、構成それ自体が変わっていなければならない。そうでないならば、個の内面性は社会に対してどこまでも恣意的なものだから、どんなに多様性を許容する社会でもそれを抑圧と感じることはあり得るし、どんなに禁圧的な社会でも、それを解放と感じることはあり得るのです。

ここには、ここ何十年かの思想の動向の、決定的な変質の兆候があるのではないか。市民社会が共同性の領域でその可能性を拡大している。ほとんど唯一の原理として合意を得つつある、それは悪いことではないかもしれない。しかし、人間が超越を、場合によっては悪しき超越を求めるということと、現実が現実として漸次変容してゆく社会的・現実的な論理とは、まったく別の基盤をもっています。もし後者が共同性の問題に自己を限定するのではなくて、個の原理をそのなかに還元し得ると考え、そのようにふるまうならば、そのときには個の原理はかならずそれに復讐するだろうと思います。それはだれがそれを意志するというのでなくても、メカニズムとして必然だろうと思います。

オウム事件は、そのような意味での、ほとんど自然現象のような「反動」でした。かつてなら、市民社会の原理によって満たされない反社会性は、硬直した政治的イデオロギーに、より大きな逆立をもとめて自己投入することも出来た。だが現在では、政治的権力は、共同性の最終的な審級を独占している市民社会の補完物であるにすぎない。そういう社会の中での「反社会性」は、いったいどのようなものでありうるか。

政治権力を自らの補完物としているような市民社会への反逆。それはオウムのテロルの質と正確に対応しています。すなわち、ばくぜんと裁判官宿舎に向けられているが、その周辺の住民をどれだけ巻き込んでもいい、と考えているような毒ガス攻撃。ばくぜんと霞が関に向けられているが、本質的に全く無差別であるような大量殺戮。それはわれわれの思想のなかでほとんど唯一の原理となりつつある市民社会へのきわめて正確な、自然現象みたいな「反動」です。おそらく地下鉄サリン事件は、阪神大震災をひとつの論理的な伏線にしているのですが、いかなる「政治性」もない単なる社会の解体というのは災害そのものであり、麻原はそこで自然現象の真似をしている。そしてこのことは彼の「悪」の質にふさわしい選択だと思います。

また、それに対して反応したのも政治権力ではなくて市民社会であった。政治権力は坂元さん事件に示されるようにイデオロギーに眼がくらんで正確な判断ができなかった。もっとも機敏に反応を起こしたのは、マスコミや公安警察をはじめとする市民社会であった。市民社会が、政治権力をほとんど道具のように使ってオウム退治をする、という性格が現われたのです。

▼9　大衆的公共性について

大衆がオウム事件そのものについて示した反応は、ぼくの場所から見ると大きく三つあると思う。第一は、可能性は低いけれども自分の生活さえそれに巻き込まれかねないという恐怖と不安、第二には、やっちまえ、という魔女狩り的な反応、第三は、オウムという不気味なものへの底知れない、共感というのに限りなく近い、深い興味です。

ぼくはいつでも自分に群衆心理的な反応を許容しているので、こういうことを自分の感情反応を観察することによってひきだしたわけです。じっさいにはここには大きな個人差があるだろうし、たとえば若い世代の人々ならばそれはもっと共感や興味に重点をおいて現われるかもしれない。逆に、そもそものはじめから共感などは一切感じなかった、というきわめて健全な社会的な感性の持ち主もいるだろうと思います。だがこうした大衆的な次元でのわれわれの反応は、さまざまな形をとり、たがいに矛盾しあっていたりもするのですが、その人の抱え持つ社会性のなかでそれぞれに十分な根拠をもっています。その根拠を突き詰めてゆけば、知的な明晰な方法でなくても、ある盲目的な通路を通って事態の本質をつかみとる可能性を秘めているわけです。

ところでこのような複雑な要素、錯綜した構造をはらんでいる大衆ないし群衆としてのわれわれの感情的、存在的な反応は、それ自身のなかへ突き詰められるのではなく、逆にある一義的な言説に向かって出口を求めるということがあります。このとき大衆のさまざまな要素の錯綜した情動の構造は、ハイデガーがのべるように、自分からではなく他人から自己を了解するので、「おしゃべり」

のなかで自分たちを一つにするような合意の形成にむかって進み、合意を見いだし得ると直感できるところで表へでてきます。ここで「大衆の存在」は反転した鏡像になる。これが「大衆的公共性」です。

「公共性」というのはハーバーマスの言葉で、世論形式のメカニズムが働く場をさしています。たとえば近代の「市民的公共性」はサロンやカフェからはじまり、やがてマス・メディアの登場によっておおきく変質してゆきます。それが「世論」として市民社会からの承認を受けると、こんどは大衆がその鏡像を基準にして自らを整流してゆくということが起こる。ここでぼくが言う「大衆的公共性」はいくつかの特質を帯びています。表へ出し得るという性格、大きな声で語れるという特質、にもかかわらず匿名であるという特質、たがいを強力に一義性に向かって組織しようとする傾向などです。大衆という言葉は重層性をなしていて、一方の端に「存在としての大衆」があり、そこではさまざまな直接的な感情反応がたがいに矛盾しあいながら乱流になっている。他方には「大衆的公共性」があって、市民社会の登場人物たりうる条件を満たすために整流されて、市民社会の自己運動のための契機になっている。この後者の過程にはいってしまうと、大衆の意識は、盲目的であるがゆえに知の媒介性を越え出てゆくという、あの通路をすでに失っているわけです。

オウム問題についての知的な発言者たちは、この「存在としての大衆」から、その反転した鏡像である「大衆的公共性」にいたる諸段階のうちの、どこに自らをアイデンティファイするかという問いにさらされた。ここで生じる差異は、この事件についてはとくに強度を帯びていて、発言者の資質までも含めて、その人の言論的な立場を決定づけていました。だからこれまで思想的な立場が近いと思われていた人同士が、この事件に関しては、まったく歩み寄り不可能なくらいの亀裂を見せるということがしばしばおこりました。

われわれの思想や言論が過去半世紀程にわたって積み重ねてきたものを投げ捨てて、ある平板な世界像のなかに落ち込みつつあるのは、ここでのべた「大衆的公共性」に呼応してのことだと思います。思想や言論は、大衆の感情反応や存在反応の流動性や不定形さのただなかで自らを形成しなければならないのに、市民社会のメカニズムが破壊される可能性が切迫すればするほど、「大衆的公共性」に即応する形で発言することを強いられた。そのために限りなく一義性に近い、とても息苦しい言説空間がつくられていったと思います。

▼10　最後の、最悪の一人

現在の知性は、人間の内面性について、総じて現実との対位によって定義されるような現実と内面、社会と個という対立として構想されるような一九世紀的な、ロマン主義的な水準の理解しか持っていませんでした。そういう一九世紀的な内面性の理解で、オウムに対処できるはずがなかった。われわれが目の前にしているのは数百年単位の時間を経て、度重なる世界戦争のあとに死後の死後のようにして残っている内面性であって、それは自分が自分と衝突するという場所に、ただ社会的なもの・共同的なものに対して「還元不能」であるというだけの権利で、「物」のように、石ころや木や風や地震のように存在している。

ぼくが考える思想ないし文学の言葉の特質は、共同性と個、宗教的なものと非宗教的なものとの間を行き来できるということです。思想の言葉にとって最終的な目的は、さまざまな公共性の対立の中で、ある一定の方向を、指針を示すといったことではありません。思想の言葉にとって大切な唯一のことは「言葉を届かせる」ということです。宗教的なものから非宗教的なものへ向けられる思想の言葉は、そのような意味で「伝道」と呼ばれます。その逆の、非宗教的なものから宗教的なものへ向けられる場合も思想の言葉の核心は「伝道」ということ、言葉を届かせるということだと思います。ここでは「物」のように、石ころや木や風や地震のように存在している内面性にどのように言葉を届かせるか、ということが問われている。

ここでわれわれは悪い人間の話、最低の人間の話をしているわけです。最低の人間とはどういう存在なのか。それをどう言ったらいいのか、それにどう言葉を届かせたらいいのか、という話をしているわけです。そのような最低の人間は存在しているし、これからも存在するに違いない。われわれは彼について考えざるを得ない。なぜなら彼は悪人であるが、彼は往生することにおいて間違いなく善人以下ではないからです。死後のことはわからないが、すくなくともわれわれと同じように死ぬからです。

社会的なものを構想するということ、ルールを設定するということ、そういうことはどこまで突き詰めていっても、人間の問題の半分しかカバー出来ない。それを数の問題として表象すれば、どんなに追い詰めていっても少数者がかならず残るし、さらに追い詰めていっても最後の一人、最低の一人、最悪の一人が残らないわけにはいかない、ということになります。そしてその最後の一人は、そこまで追い詰めていった社会の問題を、いっぺんに無化するような可能性をはらんだものとして身を起こすだろう。しかもその最後の一人は往生するかといったら、立派に往生してしまうだろう。なぜなら一人の存在は社会とは全く別の根拠を持っているからです。

九〇パーセントの人々が自分が中流だと思い、現在の生活に満足だとこたえるようになっているのだから、そういう最後の一人の問題というのはもう本当に差し迫った問題なのだと思います。その最後のところで出てくる問題がどんなに深刻な、不気味な姿で現われてくるかということをオウムは暗示してみせていると思う。社会の原理が個の原理を包摂し得るかのように、あるいは捨象し得るかのように進行するかぎりでは、これからいよいよ最後のところで、どんな不気味な「最後の一人」がつぎつぎと身を起こさざるをえないのかということを、です。

▼11　聖なる無関心

たとえば麻原の第一回公判の意見陳述というのがあります。ここで麻原は最後に「聖なる無関心」ということを言っています。私についてだれがなんといおうと、私はそれに関心がない、という。そういう無関心はどこで成り立っているか。彼の身体において成り立っているわけです。どのように市民社会が彼を裁いても彼はそれに無関心でいることが出来る。彼は身体のなかに閉じこもって、そこに超越していることが出来るからです。

それはわれわれが置かれている世界の構成のなかで、追い詰められた最後の最後の内面性の姿として、ある必然性を持つものです。なぜなら現実の関係をいっさい捨象したこの超越は、たしかに逸脱的ではあるとしても、われわれがそれに向かって「おまえのは間違った超越だ」といったところで、それが外的な当為としてしかひびかないような、そういう位置をもっているからです。

市民社会はそれを裁くことが出来る。彼を死刑にすることが出来る。だが死においてしか市民社会の裁きが彼に届かないのであれば、彼の超越は十分に成就していることになる。それはたとえば敗戦直前に自殺してしまったヒトラーと同じです。死においてしか裁きが彼に届かないのであれば、彼は少なくとも彼のなかでは勝利したことになる。なぜなら死はだれにとっても平等に訪れるからです。どんなに善良であっても彼より早く彼より悲惨な死を迎える人はいる。死刑は少しも彼を敗北させることにならない。彼を敗北させうるのは、彼のこの身体のなかへわれわれの言葉を届かせる、ということだけです。

だが市民社会の言葉、法廷の言葉、マスコミの言葉、そしてほとんどの思想の言葉が彼に届かないのは自明だと思います。そういう言葉はそういう言説自身の内部で彼に勝つだけです。もしそういう場所に終始するなら、そういう言説は麻原に勝たないだけではなく、むしろそういう言説自身が麻原の言う「聖なる無関心」そのものであって、どんなにそれを否認するふりをしても、彼の言葉がこちらに届いてしまっていることを告白していることになります。

市民社会はいま麻原を松本智津夫と呼ぼうとしている。あらかじめ彼を市民社会のなかの存在にしておかなければ彼を裁くことができないことを知っているからです。ですが、思想にとっての問題はそんなところにはありません。裁判所はいざ知らず、われわれは松本智津夫を麻原彰晃にした、このような変身の意味を裁かなければならない。そうでなければ、麻原というこの悪しき超越は、誰でもがそれであり得るようなある普遍性を獲得することになるからです。

▼12　自分自身の死をつかむこと

思想の言葉が社会に対して要求すべきなのはどういうことか。社会的なものは個の恣意を包摂できないということを、社会の原理そのものが明示すること。社会をよくするということ、人々の相互の関係や共同性との関係をよりよいものにしてゆくということと、個人の恣意性の問題とは基盤を異にする問題だということを明示すること。それを社会自身が明示するということが、社会が「開かれている」ということの意味になるわけです。

オウムの問題について発言している人たちは、なぜ一様に、自分自身のなかで不定形な部分、流動的な部分、狂気に近い部分に対して、表向きの一義性を勝利させるようにしてしか発言しないのだろうか。オウムの狂気の部分に対して理解を拒んでいる人に限って、個人的には狂気にとても切実に接しながら生きているように見えるということがあります。オウム的な心性に近いところで生きている人たちにかぎって、それに対して激しい拒絶を示すということがあります。このことは狂気を死と置き換えても同じです。

オウムに少しでも擁護的なことをのべた人たちに、「大衆的公共性」はただちにさまざまな言論人たちの口を借りてこういう言葉を返しました。「ではおまえの庭にサリンをまかれてもいいのだな」「おまえの家族がサリンの犠牲者になったらと考えたことがあるのか」「サリンの犠牲になって死んでゆく人間の気持ちを考えたことがあるのか」云々。

こういう「虫酸が走るような」反応はどういう構造をしているのか。ここには問わずがたりに、人はつねに、自分自身の死のこと、自分の身近な人間の死のことだけしか切実なものとして感じられていないことが告白されています。だから言ってる本人にとっても、サリンの犠牲者のことは「ひとごと」なのです。これらの言論が虫酸が走るようなものであるのは、自分自身が犠牲者たちのことを「ひとごと」としか考えられないことを根拠としてその発言がなりたっていながら、そのことを隠蔽して、犠牲者たちを単なる強迫の機能として使っているからです。

だがこのことは逆に言えば、自分自身の死のこと、自分の身近な人間の死のことだけしか切実なものとして考えられないこと、このことを通路にしてのみ、われわれはオウムという問題に近付く通路が開かれるのだ、ということを意味しています。自分の死、自分の狂気を媒介にして語ることだけが、この問題にふみこむ通路なのです。というのも、まさしく麻原の技術の核心が、一人の人間の「自分自身の死」をその外からつかむところに成立しているからです。自分自身の死を隠蔽して、サリンの死者を単なる強迫の機能として使っているような人々こそが、麻原の技術にもっともたやすく屈服する存在に違いないのです。

自分自身の死や狂気をまず自分でつかむこと、麻原のような存在につかまれる以前に自分でそれをつかむこと、自分自身の死や狂気が開示する境界の場所、二重性が開かれている場所にとどまって決して向こう側の一義性にゆかないこと。こちらの一義性もあちらの一義性も、ともに括弧に入れられるような場所をわがものとすること。このことが、最悪の一人に言葉を届かせるための、そのような存在に内在的に勝利するための、不可欠な条件なのだと思います。

[聞き手] **佐藤幹夫**（さとう・みきお）

1953年秋田県生まれ。75年國學院大學文学部卒業。批評誌『飢餓陣営』主宰。現在、更生保護法人「同歩会」評議員、自立支援センター「ふるさとの会」相談室顧問。主な著書に『ハンディキャップ論』（洋泉社・新書y）、『自閉症裁判』（朝日文庫）、『「こころ」はどこで育つのか　発達障害を考える』（聞き手、滝川一廣著、洋泉社・新書y）など。

雑誌「飢餓陣営」についてのお問い合わせ、お申し込みは
編集工房飢餓陣営まで。
〒273-0105　鎌ヶ谷市鎌ヶ谷8-2-14-102
URL http://www.5e.biglobe.ne.jp/~k-kiga/

瀬尾育生（せお・いくお）
1948年生まれ。東京大学大学院人文科学研究科修士課程修了。現在、首都大学東京教授。著書に詩集『水銀灯群落』『吹き荒れる網』『らん・らん・らん』『ハイリリー・ハイロー』『DEEP PURPLE』（高見順賞）『モルシュ』『アンユナイテッド・ネイションズ』、評論集『文字所有者たち』『われわれ自身である寓意』『あたらしい手の種族』『二〇世紀の虫』『戦争詩論 1910-1945』（やまなし文学賞）『詩的間伐——対話 2002-2009』（稲川方人との共著、鮎川信夫賞）『純粋言語論』等がある。

編集協力………田中はるか
DTP制作………勝澤節子

吉本隆明の言葉と「望みなきとき」のわたしたち

飢餓陣営叢書

発行日❖2012年9月30日　初版第1刷

著者
瀬尾育生
発行者
杉山尚次
発行所
株式会社言視舎
東京都千代田区富士見 2-2-2 〒102-0071
電話 03-3234-5997　FAX 03-3234-5957
http://www.s-pn.jp/

装丁
菊地信義
印刷・製本
㈱厚徳社

ISBN978-4-905369-44-8 C0395